Cathy Williams
Ardiente deseo en el Caribe

 HARLEQUIN™

MAY

CO

Editado por Harlequin Ibérica.
Una división de HarperCollins Ibérica, S.A.
Núñez de Balboa, 56
28001 Madrid

I.S.B.N.: 978-84-687-6745-1
Depósito legal: M-28092-2015
Impresión en CPI (Barcelona)
Fecha impresion para Argentina: 2.5.16
Distribuidor exclusivo para España: LOGISTA
Distribuidor para México: CODIPLYRSA
Distribuidores para Argentina: Interior, DGP, S.A. Alvarado 2118.
Cap. Fed./Buenos Aires y Gran Buenos Aires, VACCARO HNOS.

MAY -- 2016

Capítulo 1

JAMIE llegaba tarde. Por primera vez desde que había empezado a trabajar para Ryan Sheppard, se había retrasado debido a un cúmulo de sucesos desafortunados. Todavía estaba en el metro, esperando a su tren, junto con otros seis mil furiosos usuarios del transporte público.

Muerta de frío, mientras miraba su reloj cada diez segundos, se dijo que su bonito traje de chaqueta gris y sus finos tacones podían ser muy apropiados para la oficina, pero eran poco prácticos en aquel frío día de invierno londinense.

A Ryan Sheppard le molestaba mucho la impuntualidad. Además, ella lo tenía mal acostumbrado porque, durante ocho meses, había sido siempre meticulosamente puntual... aunque sabía que eso no lo haría más comprensivo.

Cuando, por fin, llegó el tren, Jamie había renunciado a llegar a la oficina antes de las nueve y media. Ya no tenía remedio.

Volvió a pensar en la razón que la había hecho salir de su casa una hora más tarde de lo habitual y se olvidó de todo lo demás. Sintió cómo la tensión aumentaba en todo su cuerpo y, cuando se acercaba al moderno edificio de cristal que albergaba RS Enterprises, tenía un insoportable dolor de cabeza.

RS Enterprises era el cuartel general de la enorme corporación dirigida por su jefe. Un ejército de empleados cualificados, motivados y muy bien pagados mantenía a flote todas sus empresas. A las diez menos diez de la mañana, sin embargo, apenas se veía a ninguno de ellos por los pasillos. Debían de estar todos en sus despachos, haciendo lo necesario para mantener el engranaje de su compañía.

Por lo general, ella también habría estado sentada ante su ordenador a esas horas.

Sin embargo...

Jamie contó hasta diez, intentando quitarse de la cabeza la imagen de su hermana, y tomó el ascensor a la planta del director.

Nada más llegar, se dio cuenta de que algo raro pasaba. En un día normal, su jefe solía estar fuera de la oficina en alguna reunión o concentrado delante de su escritorio, con la mente a kilómetros de distancia mientras trabajaba.

Ese día, no obstante, estaba recostado en su silla con los brazos cruzados detrás de la cabeza y los pies sobre la mesa.

Incluso después de ocho meses trabajando para él, a Jamie todavía le costaba reconciliar la imagen que tenía de un tiburón de los negocios con el hombre sexy y desconcertante que era Ryan Sheppard. Quizá fuera porque los cimientos de su compañía se fundaban en el software informático, un área donde el cerebro y la creatividad lo eran todo y llevar un traje de chaqueta caro y zapatos italianos era irrelevante. ¿O sería porque era una de esas personas tan cómodas en su piel que no les importaba lo que el mundo pensara de ellas?

En cualquier caso, Jamie no solía verlo de traje. Incluso, en más de una ocasión, había acudido a reuniones con importantes financieros con pantalones cortos y camiseta y, aun así, todo el mundo había estado disputándose su atención.

Ella esperó con paciencia.

Él se miró el reloj y la miró con el ceño fruncido.

—Llegas tarde.

—Lo sé. Lo siento mucho.

—Nunca llegas tarde.

—Sí, bueno, podemos culpar al errático transporte público de Londres, señor.

—Sabes que odio que me llames señor. Cuando me nombren caballero, podemos reconsiderar esa opción pero, mientras tanto, mi nombre es Ryan. Y no me importaría culpar al transporte público, pero las demás personas también lo usan y solo tú has llegado con retraso.

Jamie titubeó. Todavía tenía los nervios desencajados por lo que le había sucedido esa mañana.

—Yo... me pondré ahora mismo a trabajar... y recuperaré el tiempo perdido. No me importa quedarme en el despacho en mi hora de comer.

—Entonces, si no ha sido por el transporte público, ¿qué te ha retenido? —preguntó él. Durante meses, había intentado descifrar cómo era la mujer que había tras la fría fachada de su secretaria. Sin embargo, Jamie Powell, esa guapa morena de veintiocho años, seguían siendo un enigma. Clavó en ella sus ojos con curiosidad–. ¿Te acostaste tarde ayer? ¿Estás de resaca?

–¡Claro que no tengo resaca!

–¿No? Porque no tiene nada de malo soltarse el pelo de vez en cuando, eso pienso. De hecho, pienso que es bueno para el alma.

–Yo nunca me emborracho –dijo Jamie, ansiando dejar claro ese punto desde el principio. Los rumores corrían como el viento en RS Enterprises y no quería que el señor Sheppard diera a entender a la gente que ella se pasaba los fines de semana viendo la vida a través de un vaso de alcohol. Lo cierto era que no le gustaba que la gente supiera nada de ella. Por experiencia, sabía que, si bajaba la guardia y salía con sus colegas o intimaba demasiado con su jefe, todo iría mal. Ya le había sucedido en una ocasión y no pensaba volver a meter la pata.

–¡Qué loable! –exclamó él con tono burlón–. Entonces, esa opción queda descartada. ¿Quizá se te ha estropeado el despertador? O, tal vez...

Cuando Ryan le sonrió, Jamie recordó por qué tenía tanto éxito con las mujeres. Era la clase de sonrisa que hacía derretirse a cualquiera que no estuviera preparada para resistirse a ella.

–Igual había alguien en tu cama que te impedía levantarte en esta fría mañana de diciembre... –continuó él, arqueando las cejas.

–Prefiero no hablar de mi vida privada, señor... lo siento, Ryan.

–A mí me parece bien, siempre que tu vida privada no interfiera en nuestro trabajo. Pero presentarse en la oficina a las diez requiere una pequeña explicación. Soy un hombre muy razonable –dijo él, recorriéndole el rostro con la mirada–. Siempre que te surja una emergencia, puedes tomarte tiempo libre. ¿Recuerdas el incidente del fontanero?

–¡Eso solo ha pasado una vez!

–¿Y qué me dices de la Navidad pasada? Te regalé medio día libre para que pudieras hacer tus compras.

–Le diste medio día libre a todo el mundo.

–¡Eso es! Soy un hombre razonable. Así que me merezco una explicación razonable por tu tardanza.

Jamie tomó aliento, preparándose para compartir una pequeña parcela de su vida privada. Temía que, al final, como siempre que había revelado algo de sí misma, acabara jugando en su contra. Sin embargo, sabía que, si no saciaba su curiosidad de alguna manera, no la dejaría en paz.

Era un hombre muy tozudo y determinado. Por eso, sin duda, había convertido la pequeña empresa de ordenadores de su padre en una gran multinacional. Su atractiva fachada ocultaba un fuerte y poderoso instinto para los negocios.

Jamie abrió la boca para darle una versión censurada de los hechos, cuando la puerta del despacho se abrió de golpe. Ambos giraron la cabeza sorprendidos hacia la rubia de largas piernas que entró como un tornado.

La recién llegada tiró su abrigo rojo en la silla más cercana en un gesto tan lleno de teatralidad que Jamie tuvo que bajar la vista para no reírse.

Ryan Sheppard no tenía inconveniente en invitar a sus mujeres a la oficina, siempre que hubiera terminado el trabajo del día. Jamie lo achacaba a la arrogancia de alguien que, en vez de molestarse en ir a buscar lo que necesitaba, hacía que lo fueran a buscar a él. En más de una ocasión, su jefe había despedido a los empleados que se habían quedado a trabajar hasta tarde para quedarse a solas con una de sus conquistas.

En ninguna ocasión, sin embargo, Jamie había oído que ninguna de esas mujeres se quejara. Sonreían, lo seguían con mirada de adoración y, cuando se aburría de ellas, se apartaban de su camino con sumisión... y con caros regalos de consolación.

Por alguna razón, era un hombre con tanto encanto que todavía mantenía relaciones amistosas con la mayoría de sus ex.

Era la primera vez que Jamie veía en directo aquella demostración de furia hacia su jefe y lo cierto era que le parecía una situación muy cómoda. Para disfrazar su risa, fingió toser, aunque Ryan clavó en ella los ojos con desaprobación antes de dirigir la atención hacia la indignada rubia.

—Leanne...

—¡No te atrevas a decirme nada! ¡No puedo creer que te atrevieras a romper conmigo por teléfono!

—No podía volar a Tokio para darte la noticia en persona.

Sintiéndose incómoda por presenciar aquella discusión, Jamie hizo ademán de levantarse para irse, pero él le hizo un gesto para que se volviera a sentar.

—¡Podías haber esperado a que regresara!

Ryan suspiró.

—Debes calmarte —dijo él con un frío tono que tenía mucho de amenaza.

Leanne lo percibió y tragó saliva.

–Recuerda las dos últimas veces que nos hemos visto –continuó él con calma heladora–. Te advertí que nuestra relación había llegado a su fin.

–¡Pero no lo decías en serio! –le espetó ella, meneando la cabeza.

–No suelo hablar de esas cosas en broma. Como no querías captarlo, tuve que decírtelo con todas las palabras.

–Pero yo creí que íbamos a alguna parte. ¡Tenía planes de futuro contigo! ¿Y qué... está haciendo ella aquí? –preguntó la rubia, posando los ojos en Jamie–. Quiero hablar contigo en privado, no con tu pequeña y aburrida secretaria tomando notas para luego contárselo a todo el mundo.

¿Pequeña? Sí. Su metro cincuenta y ocho no podía ser considerado una gran altura. ¿Pero aburrida? Viniendo de Leanne, Jamie no se lo tomó como un insulto. Como todas las chicas con las que Ryan solía salir, era la clase de belleza que despreciaba a todas las mujeres que no fueran tan despampanantes como ella.

De todos modos, Jamie le dedicó una fría mirada de desdén.

–Jamie está aquí porque, por si no te has dado cuenta, este es mi despacho y estamos en medio de la jornada laboral. Creo que muchas veces te he dejado claro que no tolero interferencias en mi trabajo. Por parte de nadie.

–Sí, pero...

Ryan caminó con elegancia hasta la silla donde la otra mujer había dejado su abrigo, lo tomó y se lo tendió.

–Estás disgustada y lo siento. Pero ahora es mejor que salgas de mis oficinas y de mi vida con orgullo y dignidad. Eres una mujer hermosa. No te será difícil sustituirme.

Fascinada a pesar de sí misma, Jamie adivinó los sentimientos de Leanne. La rabia y el orgullo habían dejado paso a la autocompasión y la tentación de ponerse a suplicar.

Al final, la rubia se puso el abrigo y salió de la habitación sin dar un portazo.

Jamie se esforzó en no mirar a su jefe, mientras esperaba que él rompiera el silencio.

–¿Sabías que iba a venir? –preguntó él de forma abrupta–. ¿Es la razón por la que elegiste este día para llegar tarde?

–¡Claro que no! –se defendió ella de inmediato–. Nunca me atrevería a entrometerme en tu vida privada. ¡Ni me gusta que me acusen de... tener nada que ver con ninguna de tus... novias!

Ryan afiló la mirada.

–Te lo pregunto porque parecías disfrutar de ver las muestras de histrionismo de Leanne. Hasta creo que te he oído reír.

Jamie lo miró. Él estaba apoyado en el borde de la mesa, con las piernas cruzadas.

–Lo siento. Ha sido una reacción poco apropiada –se disculpó ella y bajó la vista rápidamente, al sentir tentaciones de echarse a reír de nuevo.

Cuando volvió a levantar la mirada, Jamie se lo encontró cara a cara, a solo unos milímetros. Se había puesto delante de ella, había apoyado las manos en los reposabrazos de su silla y se había inclinado sobre ella, tanto que podía ver lo largas que eran sus pestañas y el brillo dorado de sus ojos. Estaba tan cerca que, con solo levantar la mano, habría podido acariciarle la mandíbula y sentir su barba incipiente...

Respirando hondo para quitarse aquellos extraños pensamientos de la cabeza, Jamie se esforzó en mirarlo directamente a los ojos, aunque el corazón le latía como loco.

—Lo que quiero saber es qué diablos te resulta tan gracioso —continuó él con tono aterciopelado—. Me gustaría que compartieras el chiste conmigo.

—A veces, me río en las situaciones tensas. Lo siento.

—Busca otra excusa. Has estado conmigo en situaciones tensas, cuando he tenido que cerrar un trato difícil, y nunca has roto a reír.

—Eso es distinto.

—Explícate.

—¿Por qué? ¿Qué importa lo que yo piense?

—Porque me gustaría saber qué le pasa por la cabeza a mi asistente personal. Llámame loco, pero creo que es importante para facilitar la relación profesional —repuso él. Sin embargo, la verdad era que no había conocido a nadie con quien se sintiera más cómodo trabajando. Jamie parecía tener la habilidad de predecir sus movimientos y su calma era un contrapunto perfecto al ánimo volátil de él.

Antes de contratarla, Ryan había sufrido durante tres años una larga sucesión de secretarias incompetentes que habían compartido una insoportable debilidad por él, desde que su secretaria de toda la vida, que lo había servido durante diez años, había emigrado a Australia.

Jamie Powell era una buena asistente, con independencia de lo que pensara de él o lo que le pasara por la cabeza. Pero, de pronto, sentía la necesidad de sacarla de su frío desapego y conocerla un poco mejor.

Apartándose, Ryan se dirigió al sofá que hacía las veces de cama cuando se quedaba a trabajar hasta tarde.

Con reticencia, ella se volvió hacia él, mientras se preguntaba cuántos millonarios estarían en su despacho, despatarrados con indolencia en un sofá, dejando de lado el trabajo del día para hacerle a su secretaria unas preguntas que no eran asunto suyo.

Por un momento, Jamie se arrepintió de haber aceptado aquel empleo.

–No me pagas para que piense sobre tu vida privada –señaló ella en un intento de cambiar de tema.

–No te preocupes por eso. Te doy permiso para decir lo que piensas.

Jamie se humedeció los labios, nerviosa. Era la primera vez que su jefe la acorralaba de esa manera. Desde el sofá, la observaba con atención, forjándose sus propias conclusiones.

–De acuerdo –dijo ella, mirándolo a los ojos–. Me sorprende que sea la primera vez que una de tus novias irrumpe en tu despacho y te dice lo que piensa. Me pareció gracioso, por eso, me dio la risa. No lo habría hecho si hubiera salido cuando lo intenté, pero me hiciste un gesto para que me quedara. Y obedecí. No puedes culparme por reaccionar así.

Ryan continuó contemplándola con atención.

–¿Lo ves? ¿A que es liberador decir lo que uno piensa?

–Sé que te resulta divertido confundirme.

–¿Te confundo?

Jamie se sonrojó y apretó los labios.

–¡No tienes ninguna ética ni ninguna moral en lo relacionado con mujeres! Llevo trabajando para ti casi un año y has salido con más de una docena. ¡Juegas con los sentimientos de las personas sin darles ninguna importancia!

–Así que eso era lo que escondías tras tu fachada impasible –murmuró él.

–Me has preguntado mi opinión, eso es todo.

–¿Crees que uso a las mujeres? ¿Que las trato mal?

–Yo...

Jamie abrió la boca para decirle que nunca había pensado eso de él, hasta ese momento, pero habría sido mentira. La verdad era que había pensado mucho en Ryan Sheppard y sus relaciones.

–Estoy segura de que las tratas muy bien, pero la mayoría de las mujeres quieren algo más que regalos caros y unas semanas de diversión.

–¿Por qué dices eso? ¿Has estado charlando con mis amigas? ¿O es que es lo que tú quieres?

–No he hablado con tus amigas y no estamos hablando de mí.

De nuevo, su secretaria se había sonrojado. Ryan se fijó por primera vez en la profundidad de sus ojos y en sus labios carnosos. Lleno de curiosidad, se preguntó cómo nunca se había dado cuenta de esas cosas. Entonces, se le ocurrió que nunca habían tenido una conversación demasiado larga que requiriera contacto ocular. Ella había logrado evitar su mirada y su atención, justo lo contrario que buscaban todas las solteras que conocía.

–Trato a las mujeres que las que salgo muy bien y, sobre todo, no les doy esperanzas sobre el lugar que ocupan en mi vida. Saben desde el principio que no quiero una relación estable ni una familia feliz.

–¿Por qué?

–¿Cómo dices?

–¿Por qué no quieres una relación estable ni una familia feliz?

Ryan la miró con incredulidad. Sí, él siempre había admirado a las personas que decían lo que pensaban, tanto en el entorno profesional como en el personal. Se enorgullecía de encajar con deportividad todo lo que se le dijera.

Aunque nadie le había hecho nunca antes una pregunta personal de tal magnitud.

–No todo el mundo sirve para eso –repuso él, decidido a zanjar el tema–. Ahora que ha terminado el show, creo que es hora de volver a trabajar.

Jamie se encogió de hombros.

–De acuerdo. No he tenido tiempo de buscar esos informes que me pediste sobre la compañía de software en la que quieres invertir. ¿Me pongo con ello ahora? Lo tendré todo preparado para la hora de comer.

Una vez más, el día comenzó como siempre, con Jamie haciendo su trabajo con gran eficiencia y rapidez, sentada en su propio despacho adyacente.

El teléfono sonaba de forma constante, ella se ocupaba de las llamadas. Los tipos del departamento creativo irrumpían con nuevas ideas que contarle de vez en cuando. Cuando se ponían demasiado pesados, Jamie los echaba como una directora de colegio decida a mantener el orden en clase. Cuando él le comentó aquella comparación, ella se sonrojó y sonrió. Y le hizo sonreír al replicar que ella no tendría que hacer de directora de colegio si fuera capaz de hacerlo él.

A las tres, Ryan tomó su abrigo y se dirigió a la puerta. Llegaba tarde a una reunión con tres inversores. Ella le sugirió que se cambiara la camiseta de rugby que llevaba por una camisa más adecuada para la ocasión. Tenía un armario lleno de ropa de trabajo en una suite junto a su despacho.

A las cinco y media, cuando Ryan regresaba a la oficina tras una exitosa reunión, se la encontró recogiendo sus cosas y preparándose para irse.

—¿Te vas? —preguntó él, dejó su abrigo sobre la mesa y empezó a quitarse el aburrido jersey de lana gris que se había puesto para agradar a los inversores.

Debajo, la camisa blanca dejaba adivinar un cuerpo musculoso y fuerte. Jamie apartó los ojos, reprendiéndose a sí misma por haberse quedado embobada mirando. Quizá fuera la entrada en escena de su hermana lo que le llevaba a hacer cosas poco propias de ella.

—Yo... pensaba quedarme más, pero me ha surgido algo y tengo que irme corriendo.

—¿Algo? ¿Qué? —quiso saber él y se acercó hasta detenerse justo delante.

—Nada.

—¿Nada? ¿Algo? ¿De qué se trata, Jamie?

—¡Ay, déjame en paz! —protestó ella, arrepintiéndose al momento de su falta de autocontrol. Apartó la mirada nerviosa, fingiendo recoger unos papeles, y esperó que su jefe captara la indirecta y desapareciera.

Pero Ryan hizo todo lo contrario. Se acercó un poco más, le sujetó la barbilla con un dedo y le levantó la cara para que lo mirara.

—¿Qué diablos está pasando?

—No pasa nada. Solo estoy... cansada, eso es todo. Quizá... esté incubando algo —murmuró ella y apartó la cara, aunque no pudo dejar de sentir el calor de su contacto. Sin esperar su réplica, se puso el abrigo.

—¿Tiene que ver con el trabajo?

—¿Cómo?

—¿Ha pasado algo aquí en el trabajo que no quieres contarme? Algunos de los chicos pueden ser un poco rudos. ¿Te ha dicho algo alguien? ¿Te han hecho algún comentario poco apropiado? —inquirió él, palideciendo al imaginarse que alguno de ellos la hubiera molestado de alguna manera.

Jamie lo miró sorprendida y meneó la cabeza.

—Claro que no. No, aquí todo está bien.

—¿Algún tipo te está haciendo pasarlo mal? —insistió él, mientras su imaginación desbocada dibujaba toda clase de situaciones inapropiadas.

—¿A qué te refieres?

—A si alguien te está tirando los tejos y a ti no te gusta —explicó él—. Dímelo y te aseguro que no volverá a pasar.

—¿Por qué crees que no sería capaz de solucionar algo así yo misma? —preguntó ella con tono frío—. ¿Crees que soy tan tonta que no sé cuidarme cuando alguien decide tirarme los tejos?

—¿He dicho yo eso?

—Más o menos.

—Otras mujeres pueden tener más experiencia en lidiar con hombres —comentó él, poniéndose tenso—. Pero tú... Puede que me equivoque, pero a mí me resultas un poco ingenua.

Jamie se quedó mirándolo, sin comprender cómo había salido ese tema. ¿Cómo era posible que hubieran acabado hablando de su vida sexual?

—Creo que es hora de que me vaya a casa. Mañana me aseguraré de llegar puntual —dijo ella y comenzó a caminar hacia la puerta.

Ryan la detuvo, sujetándola de la muñeca.

—Estás disgustada. ¿Tanto te molesta que me preocupe por ti?

—¡Pues sí! —exclamó ella, sonrojada.

—Soy tu jefe. Trabajas para mí y, por lo tanto, eres mi responsabilidad —continuó él. Cuando posó los ojos en sus labios carnosos y en su blusa blanca inmaculada, bajo una chaqueta ajustada, notó que ella tenía la respiración acelerada.

—Yo soy responsable de mí misma —replicó ella, tensa—. Siento haber tenido un mal día hoy. No volverá a pasar y, para tu información, no tiene nada que ver con esta oficina ni con sus integrantes. Nadie me ha dicho nada y nadie me ha tirado los tejos. No he tenido que defenderme pero, para que quede claro, soy más que capaz de cuidar de mí misma. No necesito que nadie lo haga en mi lugar.

—A la mayoría de las mujeres les gusta que los hombres las defiendan —murmuró él.

Entonces, por un instante, la atmósfera cambio entre ellos. Ryan le soltó la muñeca. Pero, en vez de moverse, ella se quedó mirándolo hipnotizada, sumergida en las profundidades de sus ojos.

–No soy como la mayoría de las mujeres –dijo ella al fin en un susurro–. Y te agradecería que me dejaras marchar ya.

Ryan se hizo a un lado, observándola mientras se abotonaba el abrigo y se ponía un pañuelo al cuello.

Ella no fue capaz de levantar la vista hacia él. No sabía qué era lo que acababa de pasar, pero le temblaba todo por dentro. Ni siquiera pensar en Jessica podía distraerla de aquel momento mágico. Notaba que él la estaba mirando, intentando comprender por qué se había comportado como una loca cuando solo había querido ayudarla.

Trabajaba para él y, como su jefe, solo había querido protegerla de algo que podía haberla molestado en el entorno del trabajo. ¿Y cómo había respondido ella? Había actuado como si la hubiera ofendido su interés. Y estaba avergonzada.

Para colmo, se había quedado mirándolo hipnotizada. ¿Se había dado él cuenta? Ryan era experto en todo lo relacionado con mujeres y lo último que ella necesitaba era que pensara que estaba colada por él.

–He dejado esos informes que me pediste sobre tu mesa, en orden descendiente de prioridad –informó ella con tono serio–. La reunión que tenías para mañana a las diez ha sido cancelada. La he cambiado de día, tienes la nueva cita registrada en tu teléfono. Así que...

–Ya puedes irte corriendo para ocuparte de tus problemas a solas –dijo él con voz baja y sensual.

–Eso haré.

Sin embargo, Jamie se pasó todo el viaje de vuelta a casa dándole vueltas a la forma sensual en que le había hablado. Se preguntaba qué estaría pensando de ella.

La barrera que había levantado entre su jefe y ella para definir con claridad los roles de cada uno se estaba derrumbando como un castillo de naipes. Y todo porque él la había sorprendido en un momento de debilidad.

Gracias a Jessica.

Estaba oscuro y hacía un frío inhumano cuando Jamie salió de la estación de metro hacia su casa. Londres estaba pasando por el peor invierno de los últimos doce años. Según las predicciones, la Navidad estaría bañada por la nieve.

En su casa, las luces estaban encendidas. Con un suspiro, se dijo que, al menos, Jessica había sido capaz de encontrar la llave de repuesto que solía esconder bajo una de las macetas en la entrada. Y era una suerte que hubiera podido llegar sana y salva desde Edimburgo, aunque siempre llevara consigo la promesa de más preocupaciones.

Capítulo 2

PERO no entiendes...

Jamie terminó de vaciar el friegaplatos antes de volverse hacia su hermana, que estaba dando vueltas por la cocina. De vez en cuando, se detenía para examinar algo con una mezcla de desdén y aburrimiento. Nada estaba a su gusto, lo había dejado claro desde el momento en que Jamie le había abierto la puerta.

–¿No podías haber encontrado algo más cómodo? Ya que mamá no nos dejó mucho dinero, pero esto... –había señalado Jessica, criticando los muebles... incluso la comida que había en el frigorífico–. ¿Qué bebes en esta casa? ¿No me digas que pasas las tardes con una taza de chocolate y un buen libro como única compañía?

Jamie estaba acostumbrada a sus groserías, aunque había pasado tanto tiempo desde la última vez que había visto a su hermana que había olvidado lo desagradable que podía ser.

Su padre había muerto cuando Jamie tenía seis años y Jessica, tres, y habían sido criadas por su madre. Jamie se había dedicado a estudiar con la intención de llegar a la universidad y labrarse un futuro profesional. Jessica se había dedicado, mientras tanto, a preocuparse por su aspecto físico y a triunfar con el sexo opuesto.

Pero Jamie no había conseguido estudiar en la universidad. Con diecinueve años, había tenido que cuidar de su madre, que había contraído una enfermedad incurable. Y, cuando Gloria había muerto, había tenido que hacerse cargo de su hermana de dieciséis años, que había heredado la belleza rubia de su madre y, en vez de retirarse a la vida introspectiva como había hecho su hermana mayor, se había dedicado a salir y exhibirse todo lo que había podido.

Todavía hundida por el duelo, Jamie había tenido que hacer de madre de una adolescente fuera de control.

–Tú sabes cómo es... Necesita mano firme –le había dicho su madre, cuando, en su lecho de muerte, le había pedido que se ocupara de su hermana menor.

Después de todo aquel tiempo y de todas las cosas que Jamie prefería dejar en el olvido, Jessica había vuelto. Estaba tan despampanante como siempre, o más, y su comportamiento seguía llenándola de frustración.

–Comprendo que tienes responsabilidades, Jess, y puede que te abrumen, pero no puedes huir de ellas –le dijo Jamie, cerró con fuerza el friegaplatos y se secó las manos en un paño.

Para cenar, había preparado pasta con pollo y setas. Jessica había puesto cara de asco y se había negado a comer porque estaba a dieta.

–¡No sabes lo que dices! –le espetó Jessica, soltándose la cola de caballo y dejando que su pelo rubio liso le cayera como una cortina sobre la espalda–.

Tú no tienes que lidiar con un marido que trabaja todo el día y que quiere que lo espere sentada con una sonrisa, una comida caliente y ganas de darle un masaje en la espalda. ¡No soy esa clase de esposa!

–Podrías buscarte un trabajo.

–Me busqué uno... no, ocho trabajos. No es culpa mía que ninguno de ellos me gustara. Además, ¿qué sentido tiene que me ponga a trabajar con todo lo que gana Greg?

Jamie no dijo nada. No quería pensar en Greg. Pensar en él siempre acababa mal. En una ocasión, había sido su jefe y ella se había creído enamorada de él. Había sido un placentero secreto que había llenado sus días de luz y había hecho más llevadera la carga de cuidar de su hermana adolescente. Incluso había sido lo bastante tonta como para soñar con que él acabaría amándola. Por desgracia, Greg había conocido a Jessica y se había enamorado de ella a primera vista.

–Podrías hacer algún voluntariado –sugirió Jamie, harta de la conversación.

–¡Venga ya! ¿Me ves haciendo algo de eso? ¿Crees que podría trabajar en un comedor de la beneficencia? ¿O recaudando fondos para la iglesia local? –replicó Jessica. Se había sentado con las piernas en la silla vecina y se estaba examinando las uñas de los pies, pintadas de rosa fuerte–. Estoy aburrida. Y estoy harta. Quiero tener una vida propia. Soy demasiado joven para enterrarme en las afueras de Edimburgo, donde llueve todo el tiempo, mientras Greg solo se preocupa de los animales enfermos. Es el veterinario con más clientes de la ciudad. ¡Un asco!

Jamie se giró y cerró los ojos con fuerza un momento. Habían pasado años desde la última vez que había visto a Greg, pero lo recordaba muy bien. Tenía un rostro amable y una sonrisa bondadosa, el pelo rubio y casi siempre despeinado.

El que su hermana estuviera aburrida de él la llenaba de terror. Al final, Greg había sido su salvación. Le había tomado el relevo a la hora de preocuparse por Jessica.

—Está loco por ti, Jess.

—Muchos hombres podrían estar locos por mí.

—¿Qué quieres decir? —preguntó Jamie, quedándose fría—. ¿No estarás haciendo ninguna estupidez?

—Ay, no seas tan mojigata —le espetó su hermana y suspiró, mirando al techo—. No te preocupes, no estoy haciendo ninguna estupidez, si te refieres a serle infiel. Pero tal y como me siento...

Jamie se reprendió a sí misma por haberle dado la idea. Esperó que, si dejaban el tema de lado, Jessica lo olvidaría. Justo cuando estaba pensando cómo cambiar el rumbo de la conversación, sonó el timbre de la puerta.

—Alguien llama —murmuró Jamie, agradecida por la distracción—. Por favor, Jess, telefonea a Greg. Debe de estar muy preocupado por ti.

Jessica se quedó mascullando que no pensaba hacer tal cosa, que él sabía dónde estaba y sabía que necesitaba darle tiempo.

De camino a la puerta, Jamie se preguntó cuánto tiempo esperaría Greg mientras Jessica intentaba encontrarle sentido a su vida.

Al abrir y ver a Ryan allí parado, se le quedó la mente en blanco.

Su jefe jamás había ido a su casa antes. Ni siquiera cuando habían pasado cerca de allí para ir a una reunión. Nunca la había recogido ni la había llevado a su casa. Ella ni siquiera le había dicho dónde vivía.

Al final, Jamie consiguió cerrar la boca, que se le había quedado abierta.

–¿Qué estás haciendo aquí?

–Estaba preocupado por ti. Se me ha ocurrido pasarme para ver si estabas bien.

–Bueno, estoy bien, así que nos vemos mañana en el trabajo –repuso ella y, al recordar que su hermana estaba en la cocina, salió al porche y entrecerró la puerta principal–. ¿Cómo has averiguado dónde vivo? –preguntó en un susurro.

Los ojos de Ryan brillaban bajo la luz de una farola. Todavía llevaba puesta la ropa del trabajo, unos pantalones vaqueros, una sudadera gastada y un abrigo que, a pesar de su aspecto casual, eran de las mejores marcas.

–Está todo en los ficheros de recursos humanos. No ha sido difícil.

–Ahora tienes que irte.

–Estás temblando como una hoja. Hace frío aquí fuera... Déjame entrar un momento.

–¡No! –repuso ella y, al ver que él arqueaba las cejas, añadió–: Quiero decir que es muy tarde.

–Son las nueve menos cuarto.

–Estoy ocupada.

–Estás muy nerviosa. ¿Por qué? Dime qué está pasando –insistió él y rio–. Eres mi secretaria indispensable. No puedo arriesgarme a que me guardes secretos y, de repente, me abandones. ¿Qué haría yo sin ti?

–Yo... tengo la obligación de avisar con un mes de antelación –balbuceó ella. Tener a Ryan Sheppard en su puerta echaba por la borda toda la distancia profesional que debía haber entre ellos. Le hacía sentir confusa y no le gustaba.

–Así que planeas dejarme. Vaya, al menos, he hecho bien en venir en persona para que me cuentes por qué –señaló él. De pronto, se sentía abandonado y hundido al imaginar que su secretaria dejara el trabajo–. ¿Por qué no me invitas a pasar para que podamos hablarlo como adultos? Si es por dinero, puedo subirte el sueldo.

–¡Esto es una locura!

–Lo sé. Y no me gustan las locuras –dijo él y empujó la puerta para abrirla, al mismo tiempo que Jessica salía de la cocina, quejándose con tono petulante de que no había nada decente en la nevera.

Entonces, él la vio. Era rubia, alta y hermosa. Su hermana tenía todas las cosas que Ryan buscaba en una mujer, pensó Jamie con un suspiro de resignación.

Era demasiado tarde para cerrarle la puerta en las narices a su jefe, porque él ya había entrado y se estaba quitando el abrigo, sin quitarle a Jessica los ojos de encima.

–Vaya, vaya, vaya –murmuró él con tono sensual–. ¿Qué tenemos aquí?

–Es mi hermana –repuso Jamie, cortante.

El brillo en los ojos de Jessica lo decía todo, mientras él la contemplaba con satisfacción. Sin esperar más presentaciones, ella se acercó y le estrechó la mano.

—No sabía que tuvieras una hermana —comentó él, volviendo la mirada hacia Jamie.

Jamie estaba en un lado de la escena, sintiéndose como una espectadora entrometida en su propia casa.

—No veo por qué ibas a saberlo. Jessica no vive en Londres.

—Aunque igual me mudo aquí.

—¡No puedes hacer eso! —le espetó Jamie a su hermana, entrando en pánico.

—¿Por qué no? Ya te he dicho que Escocia me aburre. Además, por lo que veo, Londres tiene muchas más cosas que ofrecer. ¿Por qué no me dijiste que tenías un jefe tan guapo, Jamie? ¿Acaso temías que te lo robara?

Jamie pensó que iba a desmayarse en ese mismo momento. La tensión entre las hermanas podía palparse en el ambiente.

—¿Cuánto tiempo vas a quedarte? —preguntó él, mirando a Jessica, pero sin poder dejar de pensar por qué Jamie era tan celosa con su vida privada.

—Solo estará aquí un día o dos antes de volver a Escocia. Está casada y su marido la está esperando.

—¿Tenías que sacar ese tema?

—Es la verdad, Jess. Greg es un buen tipo. No se merece esto —repuso Jamie. «Y tú no te lo mereces a él», pensó.

—Tengo muchos problemas conyugales —le explicó Jessica a Ryan—. Creí que podría encontrar apoyo en mi hermana, pero parece que me equivoqué.

—¡Eso no es justo, Jess! Además, seguro que el señor Sheppard no quiere escuchar nuestros problemas.

–Por favor, sentíos libres de continuar. Soy todo oídos.

–Tienes que irte –insistió Jamie, volviéndose hacia él. El mundo se tambaleaba bajo sus pies. De un día para otro, todo se había vuelto patas arriba. Su hermana había irrumpido en su casa, su jefe se había presentado allí de noche... Era demasiado–. Y tú, Jess, debes acostarte ya.

–¡Ya no soy una niña!

–Pues te portas como si lo fueras –la reprendió Jamie. Era la primera vez que le echaba en cara su falta de responsabilidad y su actitud de niña consentida, después de toda la vida cuidando de ella como si hubiera sido su obligación indiscutible.

En el tenso silencio que siguió después, Jessica titubeó y apretó los labios antes de hablar.

–No puedes obligarme a volver a Escocia.

–Podemos hablar de eso por la mañana, Jess. Creo que por hoy ya he tenido bastante estrés.

–Está muy estresada –comentó Ryan, refiriéndose a su secretaria–. Ha llegado tarde al trabajo esta mañana.

Jessica le sonrió y se acercó un poco más a él, anunciando con su lenguaje corporal su interés sin tapujos.

–Si me hubieras dicho que llegabas tarde, habría colgado antes. Sé que te obsesiona la puntualidad. No te preocupes. Me portaré bien mientras esté aquí y tú podrás volver a ser la secretaria perfecta. Si yo tuviera un jefe como el tuyo... iría a trabajar a las seis de la mañana y me quedaría hasta media noche. O no me iría nunca...

Jamie se dio media vuelta y se dirigió a la cocina. Sabía cómo terminaban siempre esas conversaciones con su hermana. Jessica sabía cómo herirla. Lo mejor era no entrar al trapo y tratar a su hermana como a una niña que no fuera responsable de sus rabietas.

Esperaba que Jessica se quedara en la entrada, dedicándole a Ryan una de sus más seductoras sonrisas. Sin embargo, en cuanto se hubo sentado ante la mesa de la cocina, Ryan apareció en la puerta y la miró en silencio con las manos en los bolsillos.

Un incómodo silencio los envolvió hasta que, con reticencia, Jamie le ofreció una taza de café.

Hubiera preferido echarlo de su casa, pero sentía que debía aclarar algunas cosas.

–¿Dónde está Jessica? –preguntó ella.

–La he mandado a su dormitorio.

–¿Y te ha obedecido?

–Las mujeres suelen obedecerme siempre.

Jamie dio un respingo. No le quedaban ganas de comportarse con amabilidad con el hombre que le pagaba el sueldo. Él había invadido su territorio, por lo que toda deferencia quedaba temporalmente suspendida.

–Ahora ya sabes por qué he llegado tarde esta mañana. Jessica me ha tenido al teléfono más de una hora. Estaba muy nerviosa. Me llamó desde el tren para comunicarme que había decidido venir a mi casa.

–No te preocupes –repuso él, tomó la taza que le ofrecía y se sentó–. Las crisis familiares son algo normal. ¿Por qué no me dijiste la verdad sin más esta mañana?

Jamie se sentó sin mirarlo, abrazando la taza entre las manos. Para Ryan, acostumbrado a triunfar con el sexo opuesto, el ser ignorado era una experiencia nueva.

Él, sin embargo, se fijó en cómo los vaqueros que ella llevaba realzaban sus curvas. La camiseta dejaba adivinar un vientre plano y pechos generosos.

—Porque mi vida privada no es asunto tuyo, supongo.

—¡Ni siquiera sabía que tuvieras una hermana! ¿Por qué lo mantenías en secreto?

Jamie se sonrojó y bajó la vista hacia su taza.

—Yo no... hablo mucho de mis cosas. No soy demasiado confiada.

—No me digas.

—No te hablé de Jessica porque pensé que no ibas a tener oportunidad de conocerla. Yo vivo en Londres. Ella vive a las afueras de Edimburgo. No forma parte de mi vida diaria.

—Y así querías que continuara hasta que tu hermana ha tenido la mala suerte de necesitar tu apoyo.

—¡Por favor, no presumas de comprender mis asuntos familiares!

—Si no quieres que presuma, entonces vas a tener que explicármelo tú.

—¿Por qué? ¿Qué más da? Cumplo con mis tareas como tu secretaria, eso es lo importante.

—¿Por qué te incomoda tanto esta conversación?

Ryan podía haber dejado el tema. Ella tenía razón. Trabajaba bien y su vida privada no le incumbía. Sin embargo, no quería dejarlo pasar. Le intrigaba demasiado lo que su secretaria estaba escondiendo.

–No lo entiendes. Para empezar, eres mi jefe. Y, como te he dicho, no confío en la gente. Prefiero guardarme mis problemas para mí. Quizá es una reacción a tener una hermana como Jess. Ella siempre ha hecho tanto jaleo que para mí era más fácil dejar que se saliera con la suya y guardar silencio.

–Más fácil, pero no mejor. Olvida un momento que soy tu jefe. Imagina que soy el vecino de al lado que ha venido a pedirte una taza de azúcar cuando, de pronto, sientes que necesitas un hombro en el que llorar...

–¿Tengo que verte como si fueras un vecino pidiendo azúcar? –le interrumpió ella con una mueca–. ¿Para qué ibas a querer una taza de azúcar?

–Para preparar una tarta, porque resulta que me gusta hacer postres. Es mi pasatiempo favorito, después de cuidar las flores y hacer punto de cruz –bromeó él. Al ver que Jamie se relajaba un poco, incluso empezaba a sonreír, se sintió orgulloso de ese mérito. No le gustaba verla estresada y a punto de llorar. Además, después de haberse criado con cuatro hermanas mayores, sabía que a las mujeres solía gustarles hablar de sus sentimientos.

La resistencia que ella mostraba a abrirse era algo nuevo para él.

–Bueno, ¿qué me dices?

–Mira, no sé cómo decirte esto, pero... –comenzó a decir ella con un suspiro. Decidió enfrentarse a la conversación desde otro punto de vista–. Ahora que has conocido a mi hermana, ¿qué piensas de ella?

–Después de cinco segundos, solo puedo decirte que es muy atractiva.

Decepcionada, Jamie asintió.

–Siempre ha sido la más guapa de las dos.

–Espera un momento...

–Ahórrate el cumplido. Es un hecho y no me importa –le interrumpió ella aunque, por un instante, se preguntó qué había querido decir él–. Jessica es hermosa y lo sabe. También, está casada y está pasando por una crisis que superará pronto siempre que...

–¿Siempre que no la distraiga alguien como yo? –adivinó él con fría mirada.

–Sé que te gustan las mujeres altas, rubias, bonitas y complacientes. Jessica puede ser todo eso para ti. Perdona que sea tan directa pero, después de que te has presentado en mi casa sin avisar, creo que tengo derecho –señaló ella y se humedeció los labios nerviosa–. Espero no poner en jaque mi empleo al serte sincera.

–¿Qué clase de persona crees que soy? –preguntó él, ofendido. ¿Acaso lo veía como una especie de monstruo capaz de castigarla por decir lo que pensaba?–. No temas, tu empleo está a salvo. Y, si tanto te importa mantener tu privacidad, me iré ahora mismo y te dejaré que sigas escondiéndote. En cuanto a tu hermana, puede ser la clase de mujer con la que suelo salir, pero no me mezclo con casadas, ni siquiera con las que dicen ser infelices en su matrimonio.

Cuando Ryan se puso en pie, Jamie se había quedado pálida. Estaba acostumbrada a que su jefe se mostrara siempre tranquilo y seguro de sí mismo, abierto a las bromas y de buen humor. ¿Quería arriesgarse a perder eso? Solo de pensar en que él nunca más le preguntaría por su vida privada ni bromearía con ella la dejó fría. De prisa, se levantó también y posó una mano en su brazo.

–Lo siento. Sé que no ha sonado muy bien lo que he dicho. Pero tengo que cuidar de mi hermana. Verás... –comenzó a decir ella y, antes de continuar, titubeó un momento–. Nuestro padre murió cuando yo tenía seis años y, cuando Jess tenía dieciséis, nuestra madre murió también. Fue horrible. Mi madre me hizo prometer que la cuidaría. Yo estaba a punto de ir a la universidad, pero tuve que renunciar a estudiar y buscarme un trabajo para cumplir mi promesa.

–Una responsabilidad muy pesada para alguien tan joven –murmuró él, sentándose de nuevo.

–No fue fácil –admitió Jemie–. A Jess le gustaban demasiado los chicos y me costó muchísimo esfuerzo lograr que fuera a clase todos los días y que estudiara.

–¿En qué trabajabas tú? –preguntó él con curiosidad. Al ver que ella se sonrojaba y bajaba la mirada, se sintió todavía más intrigado.

–Con el veterinario, nada más. No era lo que había esperado hacer con diecinueve años, pero me gustaba. El problema era que...

–¿Qué te hubiera gustado hacer?

–¿Eh?

–¿Cuáles eran tus sueños, tus ambiciones?

–Bueno... –titubeó ella–. Quería ir a la universidad y estudiar Derecho. Pero eso ya no importa. Lo importante es que quería ponerte sobre aviso para que no tontearas con ella.

–Es duro que tuvieras que renunciar a tus sueños –observó él, ignorando su último comentario–. Debes de estar resentida con ella, en cierto modo.

–¡Claro que no! Nadie tiene la culpa de los retos que presenta la vida.

–Un sentimiento muy noble.

–Como decía... Solo quería advertirte de que te alejaras de ella.

–¿Crees que va a regresar con su marido y que vivirán felices para siempre?

–¡Sí!

–Tomo nota de tu advertencia.

–¿Qué advertencia?

Jessica estaba parada en la puerta de la cocina. Al verla, Jamie comprendió que su hermana no se había ido a su cuarto porque se lo habían mandado, sino para poder ducharse y reaparecer vestida con un salto de cama que dejaba poco lugar a la imaginación. Tenía una figura excelente, abierta a ser admirada mientras se adentraba despacio en la cocina, disfrutando de la atención suscitada.

Jamie se dio cuenta de que, a través del fino tejido que llevaba, podían adivinársele los pezones. A pesar de su advertencia, ¿qué hombre con sangre en las venas podía resistirse a una invitación así?

–¿Y bien? –volvió a preguntar Jessica. Apoyada en la encimera, arqueó la espalda, de forma que los pechos se le pegaron provocativamente contra la ropa–. ¿Qué advertencia?

–Una –contestó Ryan con voz ronca–. No debo interferir ni intentar convencerte de que regreses con tu marido.

–¿Es eso cierto, Jamie?

–¿Por qué iba a mentirte? –contestó Jamie.

–¿Entonces puedo quedarme un poco contigo?

—inquirió Jessica—. Quizá, hasta que termine la Navidad. Solo serán un par de semanas. Puedo ayudarte a decorar el árbol y todas esas cosas. Así, tendré un poco más de tiempo para pensar.

Acorralada, Jamie no tuvo más remedio que reconocer la derrota.

—¡Hasta podríamos hacer una fiesta! —propuso Jessica, lanzándole una sonrisa a Ryan—. Se me da muy bien organizar fiestas. ¿Qué vas a hacer tú en Navidad?

—¡Jessica!

—No seas pesada, Jamie.

—Estaré en el campo —murmuró él—. ¿Por qué? —añadió. Había recibido tantas invitaciones para la comida de Navidad que había pensado en ignorarlas todas y encerrarse en su casa hasta que pasaran las fiestas.

—Podrías venir con nosotros.

Ryan se percató de que Jamie esbozaba una expresión de terror ante su sugerencia. Forzándose en poner gesto serio, fingió considerar la oferta.

—Bueno... la verdad es que no tengo ninguna obligación familiar para la Navidad.

—¿Y tu familia? —quiso saber Jessica, al mismo tiempo que se contoneaba hacia él.

No era de extrañar que Jamie se preocupara por su hermana, caviló Ryan. Esa mujer era un peligro para la paz mental de cualquiera.

—Estarán en el Caribe.

—¿En serio?

—Tengo una casa allí y, este año, han decidido pasar todos juntos las Navidades y el Año Nuevo allí.

–Esta conversación no tiene ni pies ni cabeza –protestó Jamie con tono seco–. Ryan tiene planes para las fiestas –remarcó, se levantó y abrió el friegaplatos, su forma de anunciar que aquella reunión había terminado y que cada mochuelo debía irse a su olivo.

Sin embargo, Jessica estaba en pleno esplendor y no dejaba de hacerle preguntas al recién llegado sobre su casa en el Caribe.

–Puedo dejarme persuadir –comentó él, recostándose en su asiento, mientras Jamie cerraba un armario de un portazo con cara de frustración–. ¿Tú qué ibas a hacer, Jamie? Si pensabas pasar la Navidad sola, sería un poco aburrido, ¿no crees?

–A mí me parece un plan tranquilo. Además, tenía planes de salir a tomar el aperitivo el día de Navidad con unas amigas y, tal vez, iba a quedarme a comer con ellas.

–Yo quiero una comida al estilo tradicional –indicó Jessica con rotundidad.

–¿Y qué va a hacer Greg? –le espetó Jamie a su hermana–. ¿Sabe que planeas abandonarlo el día de Navidad?

–No le importará. Siempre está de servicio. Además, sus padres estarán muy contentos de tenerlo para ellos solos para poder decirle lo mala esposa que soy –contestó Jessica sin titubear y, al momento, volvió a centrar su atención en Ryan, que parecía tan cómodo en la cocina como en su propia casa–. Bueno, ¿vendrás, entonces? Jamie nunca ha sido muy amante de las Navidades, pero le obligaré a poner un árbol y compraremos un pavo para comer.

–Dale tiempo para pensarlo, Jess. ¡Deja de presionarlo! –la reprendió Jamie, segura de que podría convencer a Ryan de ignorar la invitación de su hermana. Era un hombre muy ocupado. No querría pasarse el día de Navidad sentado delante de un pequeño árbol, para comer un pavo que su secretaria hubiera preparado con desgana.

–Es genial que puedas leerme la mente así –señaló él, lanzándole una sonrisa a Jamie–. Por eso, hacemos tan buen equipo en le trabajo.

–Ja, ja. Muy gracioso –replicó Jamie con una mueca.

–Pero tiene razón –le aseguró él a Jessica–. Lo pensaré y le daré una respuesta a tu hermana.

–O puedes llamarme a mí, si lo prefieres. Te daré mi número de móvil.

Cinco minutos después, Ryan se marchó y Jessica se fue a la cama. No obstante, a Jamie le costó recuperar su paz mental.

No solo su jefe había invadido su vida privada, sino que se enfrentaba al peligro de que las cosas se complicaran todavía más.

¿Y si decidía ir a comer con ellas en Navidad?

Junto a un aplastante sentimiento de aprensión, algo mucho más desconcertante le rondaba la cabeza. La idea de volver a tenerlo en su casa la llenaba de... emoción.

Capítulo 3

EL AMBIENTE navideño hizo que se calmara el ritmo frenético habitual en las oficinas de Ryan Sheppard. A él le gustaba participar en las decoraciones y solía abrir una botella de champán a las seis de la tarde para brindar con quien anduviera por allí por la cuenta atrás hacia el gran día. Cuando los empleados alargaban su hora de comida para irse de compras, el jefe hacía la vista gorda. Además, el día veinticuatro, todo el mundo podía irse de la oficina a las doce del mediodía.

En su casa, Jamie aguantaba con estoicismo a una hermana que se había volcado en el espíritu de las fiestas como una loca. Mientras, coqueteaba con desvergüenza con todos los solteros medianamente atractivos y, en una semana y media, había recogido más números de teléfono de los que Jamie tenía en su agenda personal.

Sin embargo, nunca hablaba de Greg. Jamie se había cansado de preguntarle porque, como única respuesta, Jessica la miraba con lágrimas en los ojos y le soltaba un sermón sobre lo mucho que necesitaba encontrar su propio espacio.

Habían colocado un árbol en el salón y, aunque Jessica se había lanzado entusiasmada a colocar las luces, se había cansado en diez minutos y Jamie había tenido que ocuparse de terminar la tarea. El estado de la casa era bastante caótico, con ropas de Jessica por cada rincón y su hermana recogiendo detrás de ella, siempre de mal humor.

Jamie sabía que, antes o después, iba a tener que hablar en serio con ella sobre su regreso a Escocia. Pero no encontraba valor para hacerlo.

Por otra parte, estaba demasiado ocupada con los preparativos para la comida de Navidad. Inesperadamente, Ryan había aceptado la invitación de Jessica. Ante la perspectiva de tener que comer un pavo entre tres personas, ella había invitado a otros compañeros de trabajo a acompañarlos.

Tres tipos del departamento de software habían aceptado, junto con un par de amigas que había hecho en el gimnasio.

Agobiada pensando que todo iba a salir mal, había comentado su temor con Jessica, que había sonreído y le había asegurado que no había tenido de qué preocuparse.

—¡Se me dan genial las fiestas! Puedo hacer que cualquier reunión salga bien. Además, tengo serpentinas y todas esas cosas. ¡Va a estar genial! Mucho mejor que el año pasado, que comí con mis suegros. ¡Cuando acabe la fiesta, se lo contaré corriendo a Greg!

—Me sorprende que te importe lo que él piense —había comentado Jamie y su hermana se había puesto colorada. Sin embargo, Jamie tampoco había dedicado mucho tiempo a pensar en la situación de Jessica. Había tenido la cabeza demasiado ocupada con la perspectiva de tener a Ryan como invitado.

Cuando, por fin, llegó el día, negros nubarrones parecían presagiar el anticlímax.

Del piso de abajo provenía la música que Jessica había recopilado para ese día especial. A las ocho y media, Jamie limpió a conciencia el baño, que había sido invadido poco a poco por su hermana. Cada día, aparecía un nuevo cosmético en las baldas o en el armario.

Sentada ante el espejo, se preguntó cuánto tiempo más podría soportarla.

Luego, pensó en la ropa que iba a llevar, un vestido negro de manga larga que no destacaría en nada en comparación con la minifalda azul eléctrico y los altos tacones que Jessica había elegido.

Cuando llegó el primer invitado, Jamie estaba preparada para interpretar su papel secundario de asistente, mientras su hermana era el alma de la fiesta.

Ryan la sorprendió en la cocina, ultimando los detalles de la comida. En el salón, las copas se llenaban de alcohol y Jessica coqueteaba, bailaba y disfrutaba de ser el centro de atención.

El sonido de la voz de Ryan, grave y sensual, la sobresaltó como un calambre. Con brusquedad, se incorporó desde el horno.

—Bueno, parece que la fiesta está en plena ebullición —comentó él, entrando en la cocina.

—Has venido.

—¿Creías que no iba a venir? —replicó Ryan. Desde la última vez que la había visto en vaqueros y camiseta, había estado pensando mucho en ella. En el trabajo, no habían vuelto a hablar de su hermana, pero su relación no había vuelto a ser la misma. Algo sutil había cambiado, aunque, tal vez, solo le había afectado a él. Ella había seguido siendo la misma secretaria eficiente y distante de siempre–. Soy una persona de fiar al cien por cien –aseguró, tendiéndole una bolsa–. Champán.

Un poco sonrojada, Jamie mantuvo los ojos en su rostro, evitando mirarle las musculosas piernas, embutidas en unos pantalones negros, y la forma en que los dos botones abiertos de su camisa dejaban entrever un vello fino y oscuro.

–Gracias –repuso ella y tomó la bolsa. Cuando él sacó una pequeña cajita envuelta para regalo, lo miró perpleja–. ¿Esto qué es?

–Un regalo.

–Todavía no sé qué hacer con la botella de perfume que me regalaste el año pasado –indicó ella y, tras secarse las manos, abrió el paquete.

La boca se le quedó seca. Ella había sido testigo de varios regalos hechos por Ryan a otras mujeres, desde extravagantes ramos de flores a joyería, pasando por viajes a lujosos balnearios. Pero no tenía que vez con nada de eso. En la cajita, había un delicado broche con una mariposa. Lo levantó para mirarlo a la luz, antes de volver a depositarlo en su cajita.

–Me has comprado una mariposa –susurró ella.

–Me di cuenta de que tenías figuras de mariposas en la mesa del salón. Imaginé que igual las coleccionabas. Encontré esta en una tienda de antigüedades en Spitalfields.

—Es preciosa, pero no puedo aceptarla —dijo ella y se la dio, roja como un tomate.

—¿Por qué no?

—Porque... porque...

—¿Porque no las coleccionas?

—Sí lo hago, pero...

—¿Pero es otro de esos secretos tuyos que preferirías que no conociera?

—Lo que pasa es que no es apropiado —le espetó Jamie, rígida. En su mente, lo imaginó rebuscando en un mercado algo que pudiera gustarle. Quizá había creído que podría comprarla con eso, pero ella no estaba en venta.

—De acuerdo. Pero sabes que devolver un regalo es un insulto, ¿verdad? —repuso Ryan, encogiéndose de hombros—. Estoy en tu casa. Considéralo como una pequeña muestra de gratitud por haber rescatado a un alma solitaria de pasar la Navidad solo en Londres.

—Oh, por favor —susurró ella. Aunque era consciente de que, fuera, la música estaba a todo volumen, dentro de la cocina se había creado un extraño ambiente de intimidad.

No era eso lo que Jamie quería. Se acordó de lo estúpidamente enamorada que había estado de Greg antes de que Jessica le hubiera robado el corazón.

Sin embargo, devolverle el broche sería darle demasiada importancia. Pondría a Ryan sobre aviso de que, por alguna razón, su gesto la afectaba.

—Yo no tengo nada para ti —señaló ella, incómoda.

—Sobreviviré. ¿Por qué te gustan las mariposas?

—A mi padre le encantaban —confesó Jamie, dán-

dose cuenta de que le estaba revelando otro fragmento de información personal–. Nuestra madre nos
contó muchas cosas de él. Le gustaba viajar, sobre
todo, para estudiar los insectos. Y las mariposas eran
sus preferidas. Le fascinaba que hubiera tantas varie-
dades, de tantas formas y tamaños. Le parecían mucho más interesantes que la especie humana –continuó. Su expresión y su voz se suavizaron al perderse
en el recuerdo de su padre–. Por eso, empecé a co-
leccionarlas de niña. Solo tengo expuestas las mejores, pero tengo una caja arriba llena de otras de plástico que guardo desde pequeña.

De pronto, la música inundó la cocina, mientras
Jessica abría la puerta con uno de los informáticos del
trabajo de Jamie, que parecía entusiasmado de recibir
las atenciones de aquella rubia de piernas largas.

–Disfruta, amigo –le dijo Ryan con una sonrisa a
su especialista en software de alto nivel–. Pero ten en
mente que es una mujer casada.

Fuera, los invitados ya sumaban diez. Había botellas de vino sobre la mesa y las sillas habían sido
apartadas para improvisar una pista de baile.

Entrar en el salón era como meterse en una disco-
teca con decoraciones de Navidad. En el centro, Jessica representaba a la perfección su papel de alma de
la fiesta.

Meneándose al ritmo de la música con una bebida
en la mano y los ojos entrecerrados, parecía un pavo
real, orgullosa de su figura excepcional, ante los ojos
embobados de todos los asistentes masculinos.

Cuando empezó a sonar una canción lenta y Jessica se lanzó hacia Ryan, Jamie apartó la vista.

No era de extrañar que él no pudiera resistirse a una mujer tan atractiva, se dijo Jamie con un creciente dolor de cabeza. Se mezcló con los invitados, incluso bailó un poco con su compañero de trabajo Robbie, que la habló con entusiasmo de su último proyecto.

Mientras, Ryan seguía bailando con Jessica.

Varios vecinos se acercaron, atraídos por la música. Eran parejas jóvenes y muy agradables, que Jamie recibió con amabilidad, agradecida por la distracción. Con ellos, salió del salón a la cocina, donde comenzaron a charlar sobre el vecindario.

No estaba segura de cómo iba a superar la fase de la comida. Como había esperado, los preparativos culinarios habían recaído sobre ella, mientras su hermana se pasaba de vez en cuando por la cocina con un vaso de vino en la mano, protestando por lo mucho que tardaba el pavo en estar listo.

—Deberíamos pasar de esto y pedir comida a un chino —había sugerido Jessica, a pesar de que ella misma había sido quien había insistido en comprar un pavo.

Acalorada por el horno y llena de resentimiento, Jamie empezó a sacar la comida del horno cuando la voz de Ryan a sus espaldas la sobresaltó.

—Necesitas ayuda.

Ella depositó la bandeja con cuidado en la encimera y se volvió hacia él.

—Estoy bien. Gracias.

—Ya sabes que los mártires no suelen disfrutar mucho de la vida.

—¡No soy una mártir! —protestó ella con gesto de

desesperación–. Estoy haciendo esto... obligada –añadió, señalando a su alrededor en la cocina, que parecía territorio catastrófico.

–Eso es. Estás actuando como una mártir. Si no querías hacer nada de esto... –comentó él, mirando a su alrededor–, no deberías haberlo hecho.

–¿Tienes idea de cómo se pone mi hermana cuando no se sale con la suya? –gritó Jamie, a punto de ponerse histérica–. ¡Claro que no, porque tú no has convivido años con ella! A ti solo te muestra su lado sonriente y sexy, el que deja a los hombres sin respiración.

–Yo respiro con normalidad –indicó él y empezó a servir las patatas en una fuente–. Mira, ¿por qué no vas a buscar a tu hermana y la obligas a echarte una mano aquí dentro?

Jamie abrió la boca para explicarle lo estúpido de su sugerencia, pues Jessica nunca hacía nada que no quisiera, pero se limitó a suspirar.

–Eso sería una misión imposible.

–En ese caso, te ayudaré yo, te guste o no.

–Eres mi jefe, no deberías estar aquí ayudando.

–Eso es. Soy tu jefe... por eso tú estás obligada a obedecerme.

Jamie no pudo evitarlo. Se puso roja y creyó morir de vergüenza cuando él rompió a reír.

–Dentro de unos límites, claro... –puntualizó él, arqueando las cejas–. Aunque, por tu hermana, sé que ningún novio celoso intentará romperme las piernas si fuera un poco más lejos...

Ryan estaba sonriendo. Riéndose de ella. Jamie le dio la espalda, consciente de que estaba roja y que le temblaban las manos.

–¡Jessica no debería hablar de mi vida privada! –exclamó ella, al borde de las lágrimas y llena de frustración.

–Me dijo que no tienes novio, eso es todo –repuso él–. ¿Qué tiene de malo?

–¡Tiene de malo que no es asunto tuyo!

–¿Sabes? Es peligroso guardar tantos secretos. Hace que la gente se sienta intrigada.

–Mi vida personal no tiene nada de intrigante –se defendió ella–. No está llena de glamour y aventuras como la tuya.

–Si de veras pensaras que mi vida es excitante y glamurosa, no me mirarías con tanta desaprobación. Tú misma lo admitiste. Piensas que soy un mujeriego sin escrúpulos ni moral.

–¡Yo nunca he dicho eso! –protestó ella, sin poder contener una tímida sonrisa–. Bueno, igual de forma indirecta... ¿Por qué me quieres poner nerviosa, Ryan Sheppard?

–¡Qué acusación tan ofensiva, Jamie Powell! –replicó él con tono inocente–. A nadie le gusta que lo acusen de ser aventurero y excitante.

–Yo no he dicho eso. Estás manipulando mis palabras.

–Lo sé, puede que no seas tan obvia como tu hermana, pero en lo relativo a atraer a un hombre, tienes...

–¡Para! No quiero escuchar lo que vas a decir.

–De alguna manera, a lo largo de los años, tu hermana ha logrado destruir tu autoestima.

–Tengo una buena autoestima. Trabajo contigo. Deberías saberlo.

–Sí, en el aspecto profesional, sí. Pero, en lo emocional, es como si te viera por primera vez –observó él. Y le gustaba lo que veía, pensó.

A Jamie no le gustó cómo sonaba eso. Tampoco le gustaba que le hiciera comentarios que le forzaban a autocuestionarse. ¿Tenía baja autoestima?

–Dijiste que ibas a ayudar. No dijiste que ibas a hacer de psicólogo. Por favor, ¿puedes sacar las tazas de plástico de ese armario y dejar de darme consejos? –dijo ella–. ¡Y, para que lo sepas, no tengo novio porque nunca me he visto en la necesidad de conformarme con el primero que pase!

De pronto, se quedaron mirándose en silencio, envueltos por el aroma de la comida.

–Buena estrategia –murmuró él, observando el color de sus mejillas y el brillo de sus ojos.

–Y, si hubiera un hombre en mi vida, no sería la clase de persona que va rompiéndole las piernas a la gente –añadió ella, sin poder contenerse.

–Porque tú puedes defenderte sola.

–¡Eso es!

–Y no te atraen los tipos primitivos.

–Claro que no.

–¿Cómo es tu hombre ideal?

–Atento, considerado, sensible –respondió ella, percatándose alarmada de que había permitido que sus sentimientos tomaran el control de la conversación.

Pero había estado demasiado enfadada. Después de la pesadilla de haber tenido que recibir a su hermana en su casa y haberse visto obligada a participar en aquella comida, la idea de Jessica borracha haciéndole confidencias a su jefe sobre ella había sido el colmo.

–Lo siento –murmuró Jamie, apartando la mirada.

–¿El qué? –preguntó él. No quería que la conversación acabara tan rápido–. ¿Tener sentimientos?

–Hay un lugar y un momento para cada cosa –afirmó ella, recuperando la compostura–. Mi cocina y el día de Navidad no son apropiados para esta clase de conversaciones.

–Siempre podríamos cambiar de escenario. Como te he dicho, para un jefe es importante saber lo que pasa en la vida de su secretaria.

–No lo es –negó ella, aunque sabía que Ryan estaba bromeando, y sonrió.

Entonces, Ryan se preguntó qué pasaría si la invitara a cenar. ¿Conseguiría averiguar más sobre la mujer que escondía su distante fachada de secretaria eficiente?

–La gente me dice que se me da bien escuchar –insistió él con tono persuasivo–. Y creo que soy bueno para ver más allá de lo aparente.

Jamie abrió la boca para darle una respuesta educada pero sarcástica, aunque no fue capaz de emitir sonido. Como una tonta, se quedó embobada ante la atenta mirada de él. Era un hombre muy guapo, demasiado, se dijo.

–No pretendía ofenderte al decir que tu extrovertida hermana podía haber socavado tu autoconfianza. Solo adivino que algo te ha causado problemas en el pasado.

–¿De qué estás hablando?

–Algún perdedor te ha roto el corazón y no has sido capaz de superarlo.

Jamie se apartó unos pasos y se apoyó en la encimera.

—¿Qué te ha dicho mi hermana?

El comentario de Ryan había sido un farol. Le podía la curiosidad. Estaba acostumbrado a mujeres que hablaran de sus cosas. Y era fascinante estar ante una tan hermética. En ese momento, se sintió como un principiante que, contra todo pronóstico, hubiera pescado un pez.

Jamie estaba blanca como la nieve y, aunque intentaba mantener la compostura, era obvio que estaba a punto de derrumbarse.

¿Quién diablos le había roto el corazón?

—¡Esto es ridículo! —protestó ella y empezó a preparar una pila de platos de papel. De ninguna manera pensaba quedarse fregando cuando los invitados se hubieran ido, mientras su hermana se iba a la cama con una buena borrachera.

—Confía en mí, ese tipo no te merecía —dijo él, furioso contra el supuesto desconocido.

—No quiero hablar de esto.

—A veces, los tipos sensibles y atentos pueden ser los peores bastardos.

—¿Tú cómo lo sabes? —le espetó ella, mirándolo directamente a los ojos—. Para tu información, el tipo sensible y atento en cuestión era el hombre más maravilloso que he conocido.

—No tan maravilloso, si no te trató bien. ¿Qué pasó? ¿Estaba casado? ¿Te mintió haciéndote creer que no tenía ataduras? ¿O te prometió dejar a su mujer porque no lo comprendía? ¿O te era infiel con otras mientras salía contigo? Para que lo sepas, los hombres que lloran en las películas tristes o que se ofrecen a cocinar para ti no tienen el monopolio de la buena moral. Debes olvidarte de él, Jamie.

—¿Olvidarlo para qué? —preguntó ella, sin pensarlo, aferrándose a los platos que llevaba en la mano.

—Para salir con otros hombres.

—¿Para que pueda...?

—Termina lo que ibas a decir —la retó él, poniéndose frente a ella—. Como te he dicho, puedes hablarme con libertad. No estamos en la oficina. Di lo que quieras.

—De acuerdo. Esto es lo que quiero decir. ¡Al margen de mis malas experiencias, no pienso salir con nadie, si tengo la posibilidad de toparme con hombres como tú, Ryan Sheppard!

Ryan apretó los labios. Había sido él quien había insistido en que dijera lo que pensaba... Aunque no había esperado que le diera tal bofetada verbal. Solo había querido advertirla contra hombres que podían no ser trigo limpio y, a cambio, ella...

—¿Cómo son los hombres como yo?

—Lo siento, pero me has pedido que fuera honesta.

Ryan se forzó a sonreír.

—No suelo engatusar a las mujeres para, luego, romperles el corazón —dijo él con los dientes apretados.

—¡Nadie me ha engatusado! —negó ella, furiosa consigo misma por haber delatado tanto de sus sentimientos—. Deberíamos sacar la comida antes de que se quede fría.

—En otras palabras, quieres dar por zanjada la conversación.

Jamie evitó su mirada.

–Lo siento si he dicho cosas que puedas considerar ofensivas –se disculpó ella tras unos momentos de silencio–. Y te lo agradecería si pudiéramos olvidar esta charla y no volver a mencionarla nunca.

–¿Y qué pasa si no estoy de acuerdo?

Jamie levantó la vista hacia él, recuperada su fría calma, aunque no su paz mental.

–No creo que pudiéramos trabajar juntos, en ese caso. Soy una persona celosa de mi intimidad y sería imposible para mí hacer nada, si temiera que ibas a empezar a... –repuso ella, interrumpiéndose cuando iba a acusarlo de hacer conjeturas sobre su vida.

–¿Empezar a qué?

–A intentar excavar en mi pasado porque te resulta divertido.

Sus ojos eran marrones con reflejos dorados y verdes, observó Ryan. Nunca se había dado cuenta antes. Aunque no era de extrañar, porque ella solía mantener la mirada esquiva la mayor parte del tiempo.

Haciéndose a un lado para dejarla pasar, él le abrió la puerta con reticencia. Al momento, los asaltaron las voces y las risas de los invitados. Mientras habían estado en la cocina, Jessica había convertido el salón en un cabaret. En ese momento, estaba subida a una silla en medio de la habitación para colgar una rama de muérdago de la lámpara, bajo la atenta admiración de los presentes.

La comida fue recibida con vítores y aplausos. Los vecinos hicieron amago de irse, aunque enseguida se dejaron convencer para quedarse. Mientras los demás llenaban sus copas y sus estómagos, Jamie

–¿Qué...?

–¡El muérdago! –dijo Jamie–. Estamos debajo de él. Así que tenemos que hacer lo que manda la tradición.

Ryan rio con suavidad y la agarró de la cintura. Nunca en la vida se habría esperado aquello. Y estaba disfrutando como un niño.

Él no tenía ni idea de qué había provocado ese cambio de actitud en Jamie, pero le encantaba. Sobre todo, le gustaba sentir la suavidad de su cuerpo. Notó sus pechos sobre el torso. Olía a limpio y a flores. Tenía la boca entreabierta, los labios medio cerrados. Era la experiencia más seductora que había vivido jamás.

¿Cómo iba a resistirse a algo así? Sosteniéndola entre sus brazos, la besó despacio y en profundidad, perdiéndose en el beso, sin importarle el público que los contemplaba.

Fue Jamie quien lo sacó de su ensimismamiento, apartándose de sus brazos para mirar hacia la puerta. Ryan siguió su mirada, igual que el resto de los presentes, hacia el hombre rubio que estaba parado allí con una bolsa de viaje en una mano y un ramo de flores en la otra.

Capítulo 4

RYAN se miró al reloj e hizo una mueca. No había mucha gente en la oficina, solo el puñado de programadores que preferían estar allí, diseñando juegos y programas, antes que en su casa.

Pero lo que le importaba no era eso.

Eran las diez y cuarto y Jamie debía de haber llegado hacía una hora y quince minutos. El día de Navidad había pasado y ella no se había pedido más vacaciones.

Al levantarse de la mesa, se le cayeron una pila de papeles al suelo. De mal humor, se dirigió a la ventana para contemplar las calles frías y vacías de esa parte de Londres.

No había podido dejar de pensar en los sucesos de Navidad. Había acudido a la comida con la intención de satisfacer su curiosidad, algo muy comprensible, y había terminado sorprendido del todo, primero por la conversación con Jamie en la cocina, luego, por el beso y, para terminar, por la aparición de aquel hombre en la puerta.

Había sido una comedia en tres actos. Lo malo era que Ryan no tenía ganas de reír.

Todavía recordaba la calidez de la boca de Jamie.

No había podido olvidarlo en ningún momento y, por alguna razón, le ponía de mal humor.

Mirándose de nuevo el reloj, se preguntó si Jamie habría decidido desaparecer sin avisar para siempre. Hacía un par de semanas, aquella idea habría sido impensable de su eficiente y discreta secretaria. Pero sus ideas preconcebidas acerca de ella habían perdido consistencia.

Justo cuando iba a llamarla, la puerta del despacho se abrió y allí apareció, desabotonándose el abrigo.

—Esto se está convirtiendo en una mala costumbre —la reprendió él, volviendo a sentarse ante su escritorio con las piernas sobre la mesa—. No te molestes en darme excusas de lo mal que funciona el transporte público.

—De acuerdo.

Las cosas habían cambiado de forma irreparable. Jamie había decidido que solo podía seguir trabajando para Ryan si dejaba aparte todas las conversaciones que había tenido con él fuera de la oficina. Y el beso...

Iba a tener que olvidarlo también, se dijo a sí misma, presa del horror al recordarlo una vez más.

Además, le costaba mantenerle la mirada, admitió para sus adentros, mientras colgaba sus pertenencias en el perchero y abría el portátil, en un tenso silencio.

—Mira, siento llegar tarde —dijo ella al fin—. No se va a convertir en una costumbre. Y ya sabes que no tengo problemas en quedarme hasta más tarde para compensar el tiempo perdido.

—Necesito poder confiar en mis empleados, al margen de que te quedes hasta tarde o no.

–Sí, bueno, pensé que lo entenderías, teniendo en cuenta que medio país está de vacaciones –indicó ella, sin poder evitar un tono de rebeldía.

Habían pasado demasiadas cosas en los últimos dos días. La llegada de Greg había supuesto el abrupto final de la fiesta. Jessica había empezado a gritar como una histérica, sin importarle que todos los presentes hubieran escuchado sus problemas. En menos de tres cuartos de hora, todos habían desaparecido. Ryan incluido aunque, en ese caso, Jamie había tenido que empujarlo para que se fuera. No había estado dispuesta a dejarlo presenciar ni un fragmento más de su vida privada.

Desde entonces, su hogar, su refugio de paz, se había convertido en un campo de batalla.

Como no había tenido dónde quedarse, Greg había tomado posesión del salón, para disgusto de Jessica. Todo se había vuelto caótico y, aunque Jamie les había sugerido que era mejor que solucionaran sus diferencias en su propia casa, parecía que nada avanzaba hacia ninguna parte.

Jessica insistía en que necesitaba tiempo. Greg repetía que no iba a rendirse y que aquello era solo una crisis temporal.

–¿Empezamos a trabajar? –preguntó ella, tratando de romper la tensión, mientras su jefe la observaba con rostro pétreo–. Hay unos cuantos contratos que debes revisar. Te los he enviado por correo electrónico. Y creo que Bob Dill ha terminado por fin ese paquete de software que le encargaste.

Ryan había estado intrigado por cómo reaccionaría Jamie al llegar a la oficina después de lo sucedido.

En ese momento, comprendió que pretendía obviar el episodio de Navidad, como si nada hubiera pasado.

–Sí –afirmó él, pensativo–. Podemos echar un vistazo a esos contratos, pero no es urgente. Como has dicho, la mitad del país se está recuperando del día de Navidad –añadió, observando cómo ella se sonrojaba al mencionar el día en cuestión–. A propósito de eso...

–Prefiero no hablar de ello –se apresuró a interrumpir Jamie.

–¿Por qué no?

–Porque...

–¿Te resulta incómodo?

–Porque... –balbuceó ella. Sonrojada, lo miró y recordó el beso que habían compartido. ¿Qué le pasaba? ¿Por qué se comportaba como una adolescente enamorada?, se dijo, furiosa consigo misma–. Porque tenemos una buena relación laboral y no quiero que mi vida personal se interponga.

–Lo siento. Ya se ha interpuesto.

Cuando él se incorporó hacia delante de golpe, ella se apretó contra el respaldo de su asiento de forma automática.

–Y está afectando a tu trabajo. Este tipo que se presentó en tu casa...

–Greg –dijo ella con reticencia–. El marido de Jessica.

–Eso es. Greg. Está viviendo contigo, ¿no?

Sonrojada, Jamie asintió con la vista baja.

–¿Y no te preocupa que tu casa se haya convertido en un centro de terapia matrimonial?

–Claro que me preocupa. ¡Es una pesadilla!

–Pero siguen bajo tu techo.

–No entiendo por qué tenemos que hablar de esto.

–Porque está afectando a tu trabajo. Tienes un aspecto horrible. Pareces agotada.

–Vaya, muchas gracias.

–¿Qué vas a hacer al respecto?

Jamie suspiró con frustración y le lanzó una mirada de rebeldía. Ryan Sheppard era un hombre curioso y tenaz. Era capaz de transformar una empresa en bancarrota en todo un éxito. Sin embargo, ella no tenía intención de convertirse en su nuevo objeto de interés o de mejora.

Por otra parte, tenía que reconocer que su situación personal estaba interfiriendo con su trabajo. Había llegado tarde porque se había quedado dormida por la mañana. Jessica y Greg habían tenido una acalorada discusión hasta altas horas de la madrugada y ella no había podido dormir hasta que no se habían callado.

Algo dentro de Jamie cambió un poco. Siempre había sido una persona poco inclinada a compartir sus problemas. Pero, de pronto, le pareció tentador buscar apoyo.

–¿Qué puedo hacer? –murmuró ella con la mirada gacha.

–Puedes echarlos.

–No. No voy a echar a mi hermana cuando ha venido a mí en busca de apoyo. Créeme, conozco sus debilidades. Puede ser infantil, irresponsable y egoísta, pero en sus momentos de crisis, necesita saber que puede contar conmigo.

–Es una mujer adulta. Es capaz de sostenerse por

sí misma –dijo él con frustración. Tras recorrer a Jamie con la mirada, posó los ojos en sus apetitosos labios. De pronto, sin esperárselo, tuvo una erección y apartó la vista de golpe. ¿Cómo era posible que su cuerpo reaccionara de esa manera?

–Has conocido a mi hermana. No puedes pensar eso de veras –señaló ella con una sonrisa, tratando de quitarle peso a la conversación.

Sin embargo, Ryan seguía clavando en ella los ojos con gesto serio.

–Porque la tomaras a su cargo cuando era niña, no significa que tengas que seguir haciéndolo hasta que te mueras, Jamie.

–Mi madre me hizo prometerle que apoyaría a mi hermana. Yo... No puedes entenderlo. Me lo pidió en su lecho de muerte. No puedo darle la espalda a Jessica. Y tampoco puedo dársela a Greg.

Ryan observó cómo ella volvía la cara y se sonrojaba.

Entonces, recordó el beso y la sensación de su pequeño cuerpo entre los brazos. La aparición de Greg en su puerta había suspendido el hechizo...

–¿Y eso por qué? –preguntó él, tratando de hacer encajar las piezas. Mientras, sirvió dos tazas de café de la cafetera que tenía en el despacho y le tendió una a Jamie.

Era la primera cosa que ella se llevaba a la boca esa mañana y sabía delicioso.

–Para él es muy duro –comentó Jamie, incómoda al ver que su jefe tomaba una silla y se sentaba frente a ella, demasiado cerca.

–Explícate.

–Está haciendo todo lo que puede con mi hermana. Jessica tiene un carácter difícil. Él es paciente y gentil, pero ella se aprovecha.

–Paciente y gentil –repitió Ryan con tono pensativo.

–Es veterinario.

–Trabajaste para él, ¿verdad?

–Eso fue hace mucho tiempo –repuso ella, encogiéndose de hombros como si no tuviera importancia–. Le gusta hablar conmigo. Creo que le ayuda.

–¿Le gusta hablar contigo como si fueras su consejera matrimonial? –preguntó él con desagrado. Conocía a la clase de hombres de aspecto gentil que lo único que querían era aprovecharse de mujeres con tendencia a hacer de mamás.

–No, Ryan. No soy consejera matrimonial, pero escucho lo que me cuenta y trato de ser constructiva.

–Aun así, no les has dicho que se vayan al infierno porque te están destrozando la vida. Apuesto a que a tu madre no le gustaría que sacrificaras tu calidad de vida por tu hermana.

–¡No todo el mundo es egoísta!

–Yo lo llamaría ser práctico. ¿Por qué te fuiste?

–¿Cómo?

–¿Por qué dejaste tu empleo con el veterinario paciente y gentil?

–Ah –murmuró ella y, sin poder hacer nada para evitarlo, se puso roja.

–¿Era por el mal tiempo? –sugirió Ryan, mientras iba sacando sus propias conclusiones.

–Esto... supongo que el tiempo influyó en mi decisión. Y también... –balbuceó ella, intentando ordenar sus pensamientos–. Jessica era lo bastante mayor para cuidarse sola y pensé que era hora de que me abriera camino en la vida, por decirlo de alguna forma.

–Además, si tu hermana se casaba con el veterinario gentil y adorable...

–Sí. Tendría a alguien que cuidara de ella.

–Imagino que debes de experimentar alguna clase de atracción empática con el caballero andante que te rescató de tu hermana –especuló él.

–¿Te importa dejar de meterte con Greg?

Ryan bajó la vista. No había necesidad de preguntar por qué. Estaba claro. Jamie había estado enamorada de aquel tipo. ¿Por eso había escapado de la escena del crimen? ¿Se habría acostado con él? No era un pensamiento demasiado agradable. Tampoco le gustaba el rumbo que estaban tomando sus conclusiones.

El beso que Jamie le había dado, algo tan poco acorde con su forma habitual de comportarse, tenía una explicación más allá del vino que ella podía haber tomado.

Sin duda, ella había visto a Greg y había actuado guiada por el impulso primitivo de darle celos.

¿Había querido recordarle al veterinario lo que se había perdido? La sensación de haber sido utilizado le despertó un sabor amargo. Quizá lo mejor fuera olvidar el incidente para siempre, como ella pretendía.

–No tiene nadie más con quien hablar –continuó Jamie–. Es hijo único y creo que sus padres nunca aprobaron su matrimonio. Al menos, eso es lo que me cuenta Jessica. No puede pedirles consejo a ellos y supongo que lo lógico es que confíe en mí porque soy su hermana y la conozco.

–¿Y qué perlas de sabiduría has compartido con él? –preguntó Ryan, sin poder evitar el ácido sarcasmo.

Sin embargo, Jamie pareció no percibirlo. Estaba demasiado absorta pensando en su antiguo amante. Era posible que, aunque se quejara de la invasión de su casa, en realidad, estuviera encantada de tener cerca a Greg, caviló él.

–Le he dicho que tiene que perseverar –contestó ella con una seca sonrisa–. ¿Quién, si no, va a quitarme a Jessica de encima?

–¿Quién si no? –murmuró él–. ¿Así que la cosa no tiene pinta de arreglarse pronto?

–Creo que no. A menos que cambie la cerradura de la puerta –intentó bromear ella. Sin embargo, no fue capaz de sonreír–. Las cosas se arreglarán por sí mismas cuando terminen las Navidades. Greg tendrá que volver al trabajo. Dice que, por el momento, tiene un sustituto, pero supongo que sus animales lo echarán de menos pronto.

Ryan se levantó y comenzó a dar vueltas por la habitación. Le irritaba pensar que había sido utilizado para poner celoso a otro hombre. También le enfurecía que Jamie se hubiera acostado con el veterinario. Por supuesto, la gente podía dormir con quien quisiera, aunque...

¿Se había forjado una imagen equivocada de Jamie?

–¿Y si no se arregla para entonces?

–Prefiero ser optimista.

–Quizá, lo que necesitan es pasar tiempo a solas.

–¿Crees que no se lo he sugerido? –replicó ella,

dando un respingo–. Jessica dice que no piensa regresar a Escocia y Greg no piensa irse sin ella.

–Un hombre inteligente –comentó Ryan con ironía–. Tu hermana es una bomba a punto de explotar.

–No veo el sentido de esta conversación –indicó Jamie–. Eres muy amable por escucharme, pero...

–Igual necesitan pasar tiempo a solas fuera de Escocia. Estar en un ambiente familiar solo empeora la situación –siguió divagando él. Poco a poco, su mente estaba diseñando un plan de acción que los beneficiaría a ambos.

–¿Adónde van a ir si no? –inquirió ella–. No creo que Greg tenga bastante dinero para irse a un hotel de forma indefinida. Además, no sería buena idea que estuvieran encerrados en una habitación solos las veinticuatro horas del día. Podría terminar todo en un homicidio doble.

Ryan hizo una mueca y se quedó callado, dándole tiempo a Jamie a reflexionar sobre el infierno de albergar en su casa a una pareja en crisis durante tiempo indefinido.

–El futuro no se te presenta muy halagüeño –observó él, mientras se sentaba de nuevo ante su escritorio–. Apuesto a que tu hermana tampoco se contiene a la hora de dar rienda suelta a sus opiniones.

–Esa es la razón por la que llego tarde –confesó ella–. Estuvieron discutiendo toda la noche y no me dejaron dormir. Esta mañana, estaba tan cansada que no escuché la alarma del despertador.

–Voy a reunirme con mi familia en el Caribe pasado mañana. Es una casa imponente en las Bahamas –murmuró él.

–Sí, lo sé. Yo te reservé los billetes, ¿recuerdas? Tienes suerte. Aunque tendrás que revisar un par de cosas antes de irte. Te lo tendré preparado para esta tarde. Por otra parte, quería preguntarte, si alargas tu estancia allí, ¿le digo a Graham que ocupe tu lugar en la junta de accionistas?

Ryan no pensaba dejarse distraer por detalles sin importancia. Frunciendo el ceño, miró al techo con las manos entrelazadas detrás de la nuca.

–Creo que deberías acompañarme en ese viaje.

Durante unos segundos, Jamie creyó que no había oído bien. Todavía estaba dándole vueltas a los detalles que tenía que solucionar con él antes de que se fuera.

–¡Jamie! –la llamó él y chasqueó los dedos, como un mago que sacara a alguien de un trance.

–¿Acompañarte? –repitió ella, confusa.

–¿Por qué no? Seguro que es un plan mucho más atractivo que tener que quedarte en tu casa en medio de una guerra –comentó él, se puso en pie y se dirigió de nuevo hacia la cafetera para servirse otra taza. Por el camino, se le cayó al suelo una pila de papeles de la mesa, pero decidió que los recogería después–. Además, puede que tu hermana y el veterinario se beneficien de no tenerte cerca. A veces, en momentos de crisis, es mejor no estar escuchando consejos bienintencionados todo el rato.

–¡Yo no estoy dándoles consejos todo el rato! –protestó ella, acalorada.

–De acuerdo. Quizá al veterinario le guste luchar sus propias batallas sin el apoyo abnegado de su ex-secretaria de confianza.

Se mirara como se mirara, era un comentario insultante. Sin embargo, Jamie no tuvo tiempo de responder.

–Y si prefieren lavar sus trapos sucios en territorio neutral y un hotel está fuera de su alcance, tu casa puede servir, contigo o sin ti. Les harás un favor a ellos y a ti misma. No más noches sin dormir. No más discusiones conyugales. Cuando vuelvas, puede ser que hayan resuelto sus diferencias y se hayan ido.

La promesa de recuperar la normalidad le sonaba a Jamie como el caldero de oro al final del arcoíris. Casi había olvidado lo feliz que había sido su vida antes de la llegada de Jessica.

–No quiero entrometerme en tus vacaciones familiares –comentó ella–. Pero igual es buena idea que me vaya. ¿Podría pedirme unas vacaciones de última hora?

–De eso nada –negó él, después de darle un trago a su café.

–Pero, si puedo irme al Caribe contigo, ¿por qué no puedo irme sola a otra parte?

–Puedes venir al Caribe porque me puedes ser utilidad allí. Como sabes, después de Navidades tengo que pasarme por Florida para dar una serie de conferencias sobre los beneficios de nuestra tecnología para coches ecológicos.

Ryan miró hacia los papeles en el suelo y se agachó para recogerlos. Mientras, Jamie lo observaba pensativa, no muy convencida.

–Pero todavía no tengo preparado lo que voy a decir –continuó él. Lo cierto era que nunca preparaba sus conferencias. Siempre solía recibir calurosas ovaciones después de sus improvisaciones–. Puedes considerarlo como un empleo en el Caribe. Me será muy útil que me ayudes con esas presentaciones. Además, no sería la primera vez que haces un viaje de negocios conmigo...

Era una buena excusa, se dijo Ryan. Por supuesto, el trabajo no era la única razón por la que quería que lo acompañara. De veras le preocupaba su bienestar y pensaba que verse rodeada de una pelea continua en su propia casa era perjudicial para su secretaria. Y, sobre todo, le impulsaba su curiosidad y su interés por conocerla mejor, aunque eso era un poco más difícil de justificar, reconoció para sus adentros.

Y había otra razón. Su madre y hermanas no dejaban de acosarle con la idea de que debía sentar la cabeza y trabajar menos.

Jamie podía servir para acallarlas temporalmente. Tendrían menos oportunidades para acorralarlo si ella estaba siempre a su lado. Y, si lo sorprendían solo, se excusaría con el pretexto de tener que trabajar. Con Jamie cerca, hasta sus hermanas iban a tener que mantenerse a raya, aunque solo fuera por simple cortesía.

–No es lo mismo.

–¿El qué?

–Vas a estar con tu familia –contestó ella pacientemente–. Haciendo cosas que hacen las familias –añadió, aunque no sabía muy bien lo que podía significar eso. Para ella, las reuniones familiares habían sido siempre una fuente de estrés.

–No, eso fue en la comida de Navidad. Estarán aburridos y deseando ver caras nuevas. Mi madre se alegrará de que vengas. Cuando mis hermanas están juntas, se vuelven como niñas y no paran de intercambiar risitas, cambiarse ropas y maquillarse la una a la otra. Mi madre dice que es imposible tener con ellas ninguna conversación seria. Tú le vas a encantar.

—¿Porque soy seria y aburrida?

—¿Seria? ¿Aburrida? —repitió él, posando en ella los ojos hasta hacerla sonrojar—. No. De hecho, después de haberte visto en...

—¿Buscarás una sustituta para mí en mi ausencia? —le interrumpió ella, por si acaso su jefe pretendía sacar a colación el terrible día de Navidad.

Ryan sonrió e hizo un gesto con la mano, quitándole importancia a su preocupación.

—No he dicho que sí todavía —le advirtió ella—. Si de verdad crees que vas a necesitar mi ayuda para preparar esas conferencias...

—Por supuesto. Sabes que no puedo arreglármelas sin ti —aseguró él con tono sensual.

—No necesito que me rescates —aclaró ella—. Es posible que, por el momento, me encuentre en una situación incómoda, pero no es nada que yo no pueda manejar.

—No lo dudo —admitió él—. Serás tú quien me haga un favor a mí.

—¿No le parecerá a tu familia un poco raro que lleves a una extraña?

—A mi familia nada le sorprende, créeme. Seremos muchos, una más no se notará. No tienes ninguna excusa para negarte, a menos que no quieras perder tu papel de consejera personal del veterinario.

–Se llama Greg –puntualizó ella. Era extraño pero, al verlo después de tantos años, no había vuelto a sentir el embelesamiento de otras épocas. Greg había perdido todo el atractivo para ella. Solo sentía lástima por él y por la situación en que su hermana lo había colocado.

Cuando ella no respondió al comentario que le había hecho, Ryan no pudo controlar su irritación.

–¿Y bien? –insistió él–. ¿Crees que tu trabajo voluntario de consejera personal es demasiado valioso como para dejarlo por un tiempo? Solo estaremos fuera cinco días. Mis hermanas, sus maridos y sus hijos se irán a principios del nuevo año. Nosotros nos quedaremos tres días más hasta la fecha de mis conferencias. Entonces, yo volaré a Florida y tú puedes volver a Londres. Te perderías un gran viaje, solo por cuidar al veterinario. ¿Te preocupa que no pueda sobrevivir a esta crisis sin tu ayuda?

–¡Claro que no!

–Entonces, ¿por qué dudas?

–Ya te lo he dicho. No quiero entrometerme en una reunión familiar.

–Ya te he dicho que eso no es problema.

–No creo que sea indispensable para Greg, que lo sepas –aclaró ella–. Como te he dicho, habla conmigo porque soy la única persona con quien se siente cómodo para sincerarse –añadió. Aunque, en otros tiempos, eso la habría hecho sentir halagada, en ese momento, le parecía una pesadez–. Pero tú tienes razón. Eres mi jefe. Y si me necesitas para el trabajo, no puedo negarme.

–No pienso esclavizarte, Jamie, ya lo sabes. Trabajaremos un poco, sí, pero tendrás tiempo de sobra para relajarte y descansar. Merecerá la pena tenerte de una pieza cuando retomemos el trabajo de oficina en enero.

Jamie asintió. Comprendía que Ryan lo hacía en beneficio de su empresa. Ella se había mostrado un poco inestable en los últimos días y a su jefe no le gustaba. Quería recuperar a su secretaria eficiente y de confianza. Por algo recibía un salario tan alto. Esa era la única razón por la que quería llevarla con él, para apartarla del caótico ambiente en que se encontraba.

—Compro mi billete, ¿verdad?

—En primera clase, conmigo. Y ocúpate de buscarte una sustituta durante estos días. No son fechas de mucho jaleo, no le será difícil ocuparse de tu puesto hasta que vuelvas.

—¿Hay algo en concreto que quieres que lea antes del viaje? Quiero ir bien preparada.

Ryan afiló la mirada. Ella tenía un aspecto profesional, complaciente, pero distante. Sin embargo, él no se dejó engañar. Sabía que, bajo aquella fría máscara, bullía una mujer que era puro fuego.

—No. Nada de leer. Pero mete bañador en la maleta. La casa tiene una preciosa piscina y quiero que te diviertas. Y no pongas esa cara. Cuando estemos de vuelta, seguro que me lo agradeces.

Capítulo 5

JAMIE le había dado las gracias en varias ocasiones. Le había dado las gracias por la oportunidad de disfrutar de un lugar tan hermoso, por no tener que levantarse al amanecer con el portátil listo para trabajar, por enviarla a dar una vuelta al pueblo con sus hermanas...

Tanta gratitud estaba empezando a poner nervioso a Ryan. Él había esperado descubrir más cosas sobre la mujer intrigante que se escondía bajo su fachada de educación y eficiencia. Pero, hasta el momento, su curiosidad seguía insatisfecha. Aunque, por otra parte, su plan de usarla como distracción para que su familia no lo acorralara con conversaciones incómodas había sido todo un éxito. Todos parecían encantados con ella y no la dejaban en paz ni un momento, salvo cuando estaban trabajando.

Habían convertido una de las habitaciones de la casa en despacho. Pero había sido difícil concentrarse allí dentro, cuando por los enormes ventanales podían verse jardines rebosantes de flores tropicales y palmeras. Así que se habían mudado a una zona sombreada de la terraza. Lo malo era que eso les exponía a interrupciones continuas, unas veces de los adultos y, otras, de los niños que correteaban en un parque de juegos cercano. Sus hermanas, su madre... siempre encontraban alguna excusa para acercarse y embarcarse en alguna conversación con Jamie. Entonces, lo único que él podía hacer era rendirse y aceptar la derrota.

Cuando estaban solos, sin embargo, Jamie no se dejaba distraer del trabajo que consideraba la principal razón de aquellas vacaciones pagadas. Ella solo hablaba de las conferencias y le hacía innumerables preguntas sobre cuestiones técnicas. Pero, cuando él intentaba maniobrar para llevar la charla a temas más personales, su secretaria sonreía y se cerraba en banda.

En ese momento, habían terminado de cenar. Dos hermanas de Ryan estaban acostando a sus hijos y dando instrucciones a sus maridos. Eran unas mandonas. Susie, dos años mayor que él y embarazada de siete meses, había vuelto a Inglaterra con su familia. Al menos, la casa se había quedado un poco más tranquila. Y lo sería más todavía cuando el resto de sus hermanas regresaran a sus respectivas casas.

Disfrutando de los hermosos jardines, perdido en sus pensamientos, Ryan percibió el murmullo de la voz de Jamie. Ella le había dado las buenas noches hacía un rato, excusándose para ir a descansar.

En vez de carraspear o hacer algún ruido para anunciar su presencia, Ryan decidió intentar pasar inadvertido. Por supuesto, si ella se giraba y miraba a su alrededor, lo divisaría junto a la hilera de arbustos que llevaba a la piscina con vistas al mar.

La suave y cálida brisa mecía las palmeras y las flores como una caricia. En la distancia, el inmenso mar se alargaba hasta el horizonte bajo la luna casi llena.

Al llegar a las escaleras de piedra que conducían a la piscina, Ryan la vio allí sentada en la oscuridad, hablando por el móvil.

¿Por qué se había ido a un sitio tan apartado para hacer una llamada?, se preguntó él. ¿Por qué no había usado el teléfono de la casa como él le había ofrecido? ¿Con quién estaría hablando tan en secreto? Con el veterinario, seguro.

Apretando los labios, bajó las escaleras a toda velocidad y se plantó delante de ella tan de improviso que Jamie se sobresaltó y dejó caer el móvil.

—Ay, perdona. ¿Te he asustado? —dijo él y se agachó para recoger el teléfono, que yacía repartido en piezas en el suelo.

Jamie se puso en pie y trató de arrebatárselo. Él lo agitó en sus manos, se lo llevó a la oreja y se encogió de hombros.

—Se cortó la conversación, lo siento. Creo que se ha roto.

—¿Qué estás haciendo aquí? —preguntó ella. Durante tres días, había logrado no estar a solas con él, salvo en su tiempo de trabajo. En aquel lugar paradisiaco, le había parecido demasiado peligrosa su cercanía. Ryan se paseaba por todas partes con pantalones cortos, descalzo, tan moreno, con el pecho descubierto... Verlo jugar con los niños o hacer reír a sus hermanas la estaba dejando un poco desarmada. Le asustaba comenzar a verlo como un hombre en vez de como jefe.

—¿Qué haces tú aquí? —replicó él. Se sentó en una

de las sillas de madera y palmeó el asiento contiguo, para invitarla a acompañarlo–. Si tenías que hacer una llamada, te dije que podías usar el fijo de la casa.

–Sí, bueno...

–¿Era una llamada personal? –insistió él, molesto por su reticencia a responder–. ¿Cómo están las cosas en tu casa? ¿Siguen vivos y coleando o tu hermana ha matado al veterinario? Supongo que, si hubieran resuelto sus diferencias y hubieran regresado a Escocia felices y contentos, me lo habrías contado.

La oscuridad de la noche los envolvía en un halo de intimidad que incomodaba a Jamie. El corazón le galopaba en el pecho y tenía la boca demasiado seca. Deseó que fuera de día y tener a las hermanas de su jefe alrededor, o estar en el despacho ocupada con el portátil.

–No se ha arreglado nada todavía –admitió ella a regañadientes. Se sentía demasiado expuesta con los pantalones cortos y la blusita de tirantes que se había puesto después de ducharse hacía una hora. No había esperado encontrarse con Ryan saliendo de las sombras.

–Vaya, qué pena –murmuró él–. ¿Hablabas con el veterinario?

–¿Puedes dejar de llamarlo así?

–Lo siento, pero creí que esa era su profesión –repuso él con gesto inocente.

–Sí, era Greg.

–¿Llamándote en secreto a espaldas de su mujer?

–¡No me llamaba en secreto!

–¿Entonces? ¿Por qué has sentido la necesidad de esconderte?

–¡Eres imposible!

–¿Y qué te ha dicho el veterinario?

Jamie apretó los dientes. A Ryan le encantaba provocar, no podía evitarlo. Ambos habían traspasado la frontera de lo estrictamente profesional, tanto que era difícil marcar los límites. Ella había conocido a su familia, lo había visto relajado en su propio terreno. Y le había confiado sus problemas personales. Era demasiado tarde para ponerse celosa de sus asuntos y no ceder ante la curiosidad natural de su jefe. Después de todo, ¿qué importaba que le hablara de cómo iban las cosas entre Jessica y Greg?

–Jessica me contó que la razón por la que se siente aislada y aburrida es porque no le gusta donde viven. Está a cuarenta minutos de Edimburgo y a ella siempre le ha gustado la vida urbana.

–En ese caso, no hacen buena pareja.

–¿Qué quieres decir?

–El veterinario no parece ser la clase de tipo que ama la vida social. No parece muy amante de las fiestas.

–¡Solo le has visto cinco minutos! No sabes nada de él.

–Ah, perdona. Olvidaba que tú y él compartís un vínculo especial.

–No compartimos ningún vínculo –negó ella, sonrojándose al recordar sus sueños románticos de juventud.

Ryan ignoró su protesta. No tenía más que verle la cara para comprender que ella sentía algo por el maldito veterinario, reconoció con irritación.

–Entonces, ¿qué vio tu hermana en él?

–Greg está dedicado a ella al cien por cien.

–¿Es mutuo, pues? Si no, no funcionaría, supongo.

–¿No crees que tu familia se preguntará dónde estás?

–Somos adultos. No creo que les preocupe que podamos tropezar y caer a la piscina. Además, Claire y Hannah están demasiado ocupadas acostando a sus pequeños y mi madre se ha ido a la cama con un libro y un vaso de leche.

–Tienes una familia maravillosa –comentó ella con un suspiro.

Ryan esperó en silencio a que ella siguiera hablando. Pero Jamie no se parecía en nada a las mujeres que había conocido, siempre deseando hablar y venderse a sí mismas.

–Supongo que no se parece a la tuya –murmuró él, tratando de animarla a continuar.

–Son muy distintas, sí. Nunca hablas de ellos.

–Tú tampoco habías hablado de tu familia hasta ahora.

–Sí, bueno, mi situación no se parece a la tuya. Me estreso solo de pensar en Jessica. Pero tus hermanas... son muy agradables.

Ryan sonrió.

–Las recuerdo intentando maquillarme cuando era niño. Te aseguro que para mí no ha sido fácil convivir con ellas.

Jamie rio.

–Aun así, para ti ha sido más duro, pues has tenido que ocuparte de una adolescente cuando apenas tú misma eras una niña.

Perdida en sus pensamientos, Jamie se dejó seducir por la suave caricia de su voz y por su tono de interés. Relajándose, decidió compartir con él un poco más de su vida.

–Incluso antes de que nuestra madre muriera, Jessica era una niña difícil. Era tan guapa que los tenía a todos en el bolsillo. Cuando veo a tus hermanas y cómo lo comparten todo, cómo se ayudan... –comentó ella con un suspiro de nostalgia–. Pero no sirve de nada llorar por lo que no puedes cambiar.

–Es verdad. Estabas hablando de tu conversación con el veterinario. Pensaste que tu hermana estaba aburrida porque le gusta mucho salir y al veterinario solo le gusta estar con sus animales enfermos.

–¡Yo nunca he dicho eso!

–Leo entre líneas. ¿Ha cambiado tu visión de la situación?

Era lógico que Ryan se interesara por saber cómo estaba progresando el asunto. Necesitaba que su secretaria volviera a la normalidad. Por eso, cuanto antes arreglaran las cosas Jessica y Greg, mejor para él. No debía olvidar que la motivación de su jefe era solo egoísta, se recordó Jamie. No debía dejarse engatusar.

–Creo que la verdadera razón del problema es que Greg quiere tener hijos y piensa que es un buen momento. Parece que ha sido eso el desencadenante de todo.

–¿Tu hermana no quiere hijos?

–No me lo ha dicho –contestó Jamie, encogiéndose de hombros–. Supongo que se sentía un poco aburrida pero, en cuanto Greg mencionó los niños, entró en pánico. Solo se le ocurrió escapar. Al menos, ahora sabemos a lo que nos enfrentamos. Seguro que solucionan sus problemas antes de que volvamos, así que no te preocupes. Cuando hayan vuelto a Escocia, todo volverá a la normalidad. Ya no llegaré tarde y estaré tan concentrada en el trabajo como siempre.

Jamie se levantó y se frotó la parte trasera de los muslos, donde se le habían pegado finos granos de arena de la silla. Mientras, intentó ignorar cómo él la penetraba con la mirada.

—¿Qué planes tienes para mañana? Tus hermanas se van con Tom y Patrick y los niños. Si quieres que trabajemos por la tarde, no tengo objeciones. Ya he tenido tiempo de sobra para descansar, gracias a tu amabilidad.

—No empieces a darme las gracias otra vez —protestó él, irritado. La recorrió con los ojos, fijándose en sus largas piernas, su fina cintura y sus hermosos pechos, apenas ocultos bajo una fina blusa. El recuerdo de sus labios le hizo contener el aliento—. No te he visto bañarte —continuó y se levantó con ella.

Jamie dio un paso atrás, abrumada por su cercanía en aquel ambiente tan íntimo.

—Yo... me he sentado de vez en cuando aquí con un libro.

—Pero no te has bañado. ¿No sabes nadar?

—Sí —afirmó ella. Incluso de había puesto su biquini negro en alguna ocasión. Pero le había parecido demasiado pasearse con tan poca ropa delante de su jefe. Por eso, nunca se había quitado el vestidito de verano que había llevado encima.

–¿Por qué tanta reticencia, entonces? ¿Te cohíbe estar con mi ruidosa familia?

–No. ¡Claro que no!

–Bueno, mañana se habrán ido y las cosas estarán más tranquilas. Puedes empezar a disfrutar de la piscina todo lo que quieras.

–Tal vez. Ahora tengo que irme.

–Puede que sea mi imaginación, pero tengo la sensación de que no te gusta estar a solas conmigo –señaló él–. Eso me ofende.

–Hoy he pasado tres horas a solas contigo –replicó ella, poniéndose tensa.

–Ah, pero con dos ordenadores y decenas de papeles entre nosotros.

–¡Solo hago mi trabajo! Para eso me pagas. Bueno, ahora me voy a la casa.

Sin mirar atrás, Jamie subió las escaleras de piedra y tomó el camino que llevaba a la casa, bordeado de flores olorosas y palmeras. Ryan la seguía a corta distancia.

Ella nunca se había sentido muy segura de su cuerpo ni de su físico. No era de extrañar, ya que había crecido siempre comparándose con una hermana excepcionalmente hermosa. Sin poder evitarlo, pensó en el desfile de modelos que habían salido con su jefe. Todas habían sido rubias con largas piernas y figuras perfectas. Sintiéndose cada vez más insegura, aceleró el paso y, en medio de la oscuridad del jardín, se tropezó con la raíz de un árbol.

Soltó un gritito cuando su cuerpo se dio de golpe con el suelo. Antes de que pudiera incorporarse, Ryan la levantó en sus brazos con un rápido movimiento.

–¡Suéltame! ¿Qué estás haciendo?

–Cálmate.

Al sentir sus brazos musculosos rodeándola y el contacto de su fuerte torso, el cuerpo de Jamie estalló en un cúmulo de reacciones en cadena. En vez de soltarla, él la apretó más fuerte contra su pecho. Al instante, ella se rindió y se dejó llevar a la terraza, donde la depositó un sillón.

–Estoy bien –murmuró ella con los dientes apretados.

Ignorándola, él se agachó y, con suavidad, le quitó las sandalias. Le tocó los pies y los tobillos y, luego, le ordenó que caminara.

–¡No me he roto nada! –exclamó ella, intentando zafarse de su contacto, mientras su cuerpo le gritaba que se dejara acariciar.

–No. Si hubiera sido así, no podrías moverlo.

–Eso es. Así que, si no te importa...

–Pero te has dado un buen golpe –observó él, revisándole la herida que se había hecho en la rodilla. Al momento, volvió a tomarla en sus brazos–. Es mejor que no andes por ahora. Hay que limpiar esto.

–Puedo hacerlo sola –protestó ella. Asustada por cómo su cuerpo estaba reaccionando, notó que se le endurecían los pezones y se le humedecía la entrepierna. Solo quería que la soltara para poder volver a su cuarto. Sin embargo, él la llevó dentro de la casa, escaleras arriba... a su dormitorio. Ella cerró los ojos y gimió, desesperada.

Nunca había estado en el dormitorio de su jefe antes. Era un cuarto enorme, dominado por una gigantesca cama de bambú con sábanas de rayas rojas y negras.

Ryan la sentó en un sofá bajo la ventana.

–No te muevas. Tengo un botiquín en el baño. Lo guardo desde mis días de *boy scout*.

–Esto es ridículo. ¡Tú nunca has sido *boy scout*!

–Claro que sí –afirmó él, desapareció en el baño y reapareció con un maletín de primeros auxilios–. Hasta gané unas cuantas insignias –añadió, arrodillándose a sus pies–. Si alguna vez necesitas que te monten una tienda de campaña o que te enciendan una fogata, soy tu hombre. Vaya, te has hecho una buena raspadura. Si no hubieras salido corriendo como alma que lleva el diablo, esto no habría pasado.

Jamie apretó la mandíbula y se contuvo para no contestar que, si él no hubiera aparecido de la nada, no le hubiera roto el teléfono y no hubiera insistido en tener una larga conversación personal con ella, no habría tenido necesidad de salir corriendo. Y no estaría sentada en su dormitorio mientras él...

Cerrando los ojos con fuerza, Jamie intentó no pensar que Ryan estaba arrodillado, limpiándole con mimo las heridas con alcohol, poniéndole crema antiséptica con suma delicadeza...

–No es bueno poner tiritas –informó él–. Es mejor que el sol seque la herida.

–Sí, bueno, gracias. Ahora me voy, si no te importa.

–¿Te llevo?

Jamie abrió los ojos de golpe y vio que él estaba sonriendo.

–No seas ridículo.

–En cuanto a nuestra conversación...

–¿Sobre qué?

–Sobre el plan para mañana, por supuesto –contestó él con gesto inocente.

–¿Qué pasa mañana? –preguntó ella, caminando con torpeza hacia la puerta.

–Bueno, me estabas diciendo lo que querías hacer.

¿Ah, sí?, se preguntó Jamie. En ese momento, no era capaz de pensar. Tenía el cuerpo demasiado caliente. ¿Cómo era posible que experimentara aquellas sensaciones hacia Ryan Sheppard? Ni siquiera merecía su respeto por salir con una larga lista de modelos con las que no entablaba nunca nada serio. No era su clase de hombre, en absoluto. Sin duda, el calor tropical le estaba jugando una mala pasada.

–¡Sí! –exclamó ella. De pronto, se dio cuenta de que, si la casa se quedaba vacía, con la excepción de la madre de Ryan, iban a tener que pasar mucho más tiempo a solas. La idea le pareció horrible–. Hay mucho trabajo que hacer y tengo muchas ideas que proponerte para tus conferencias. Es importante que les convenzas de lo mucho que tu tecnología puede ofrecer a los coches ecológicos.

Jamie había llegado a la puerta sin darse cuenta y, cuando se volvió, se lo encontró observándola con interés. Al momento, se acercó a ella. Sus ojos color chocolate brillaban con tonos dorados. Era tan sexy...

–¿Seguro que estás bien? –preguntó él, ladeando la cabeza–. Te has puesto pálida. No tienes nada roto, pero igual estás en estado de shock. A veces, pasa, ya sabes.

–No. Estoy bien.

–Creo que podemos tomarnos mañana el día libre. Mis hermanas se irán y dejarán la casa vacía. Igual es buena idea hacer algo con mi madre para que no se aburra.

–Eso me encantaría.

–Y a mí –murmuró él.

–¡Claro! –repuso ella, esforzándose en buscar un plan de escape, pues su jefe le estaba resultando cada vez más atractivo–. En realidad, sería buena idea que tu madre y tú pasarais tiempo juntos. Apenas habéis estado a solas desde que llegamos.

–No hace falta. ¿Puedo contarte un pequeño secreto? –susurró él, acercándose todavía más.

Jamie asintió, sobre todo, porque no se sentía capaz de hablar. Tenía la lengua pegada al paladar.

–Estar a solas con mi madre puede ser un poco peligroso.

–¿Por qué? –preguntó ella, hipnotizada por su mirada.

–Tiene la desagradable costumbre de acorralarme y hacerme preguntas sobre mi vida privada –le confió él. No era algo que hubiera pensado compartir con ella. Sin embargo, quería ganarse su complicidad. Cada día que pasaba, la deseaba más. Y se sentía frustrado por cómo ella lo esquivaba una y otra vez.

Por eso, cuando Jamie lo miró en silencio y con curiosidad, Ryan continuó con su confesión.

–Mi madre no cree que sea bueno tener aventuras con muchas mujeres.

–Supongo que a ninguna madre le gusta ver que su hijo huye del compromiso.

–¿Crees que eso es lo que hago yo?

–¿Tú no?

El silencio los envolvió en un hechizo que los tenía inmovilizados. Jamie quiso despedirse para irse a dormir, pero no pudo. Esperaba su respuesta. Sin embargo, tras unos segundos, se encogió de hombros y comenzó a darse la vuelta.

–No es asunto mío, de todas maneras –dijo ella–. Como tú te crees con derecho a hacerme preguntas personales siempre que quieres, me he tomado la libertad de hacerte yo a ti una –comentó–. Aunque, si no quieres responder, no me importa.

–Eso me ofende. Eres mi secretaria irremplazable –susurró él–. Debería importarte todo lo que tiene que ver conmigo –añadió. Como un depredador bien entrenado, su instinto le dijo que Jamie estaba reaccionando a sus encantos. Lo veía en sus mejillas sonrosadas, las pupilas dilatadas, la respiración aclarada... Tenía la boca entreabierta, como si estuviera a punto de decir algo.

Ryan tuvo la urgencia de besarla en ese mismo momento. Quiso deslizar la mano bajo su pequeña blusa y palpar sus turgentes pechos. Ansiaba saborearla, allí mismo, en su cama.

Una cosa era sentir curiosidad y otra muy diferente era verse invadido por el más inexplicable deseo. Jamie Powell podía ser una mujer muy interesante, pero sería peligroso dejarse llevar por sus impulsos, se dijo a sí mismo. Por una parte, era la mejor secretaria que había tenido y, por otra, no era una de las féminas ligeras de cascos con las que solía mantener aventuras sin ataduras.

–Tienes razón. No es asunto tuyo.

–Buenas noches, Ryan. Gracias por ocuparte de mis heridas.

Él la sostuvo del brazo.

—Mi padre se casó, tuvo cuatro hijos... y abandonó sus sueños. Mientras estaba ocupado siendo domesticado, su asesor financiero le robó todo lo que tenía. Cuando mi padre se dio cuenta, su empresa estaba en bancarrota. Desde mi punto de vista, se mató intentando levantarla, pero fue demasiado tarde. Cuando yo la heredé, estaba hecha un desastre y yo la he levantado hasta convertirla en lo que es hoy. Por eso, no tengo intención de hacer ninguna tontería. Gracias a mis esfuerzos, mi madre y mis hermanas tienen la calidad de vida que se merecen. Como verás, no tengo tiempo para dedicarme a una relación seria. No me conviene ninguna distracción.

Jamie estaba conteniendo el aliento.

—¿No vas a casarte nunca? ¿No quieres tener hijos? ¿Ni nietos?

—Si lo hiciera, sería con alguien que estuviera de acuerdo en ocupar un segundo lugar en mi vida. Mi prioridad es el trabajo.

—Qué suerte para ella —murmuró Jamie con sarcasmo.

—Salgo con mujeres que entienden quién soy —comentó él, soltándole el brazo.

—¿Leanne era una excepción?

—Leanne conocía las reglas del juego —aseguró él, bajo la fría e indescifrable mirada de su interlocutora—. Nunca hago promesas que no pueda cumplir, ni dejo que ninguna mujer crea que llegaré a comprometerme. No permito que dejen ninguna ropa suya en mi casa. Les advierto que soy impredecible con mi tiempo —explicó, irritado al sentirse juzgado.

A Jamie le sorprendía que él no comprendiera que, a pesar de sus reglas, podía romper muchos corazones.

—Quizá deberías contarle eso a tu madre —le espetó ella, apartando la vista—. Así dejará de molestarte con sus preguntas.

—Es posible que lo haga —contestó él, fingiendo el mismo desapego que su secretaria le mostraba—. Al fin y al cabo, la sinceridad es la mejor estrategia...

Capítulo 6

CLAIRE y Hannah, sus maridos y sus hijos se marcharon dejando atrás un reguero de juguetes olvidados, besos, abrazos y promesas de volver a reunirse.

Después de la despedida, la casa se quedó vacía y silenciosa.

Faltaban dos días para que Ryan tomara un vuelo a Florida y Jamie regresara a Londres. Vivian, la madre de Ryan, se quedaría en la playa una semana más con unas cuantas amigas.

Vivian se excusó para echarse la siesta y Ryan hizo lo mismo, diciendo que iba a trabajar. Ella se ofreció a acompañarlo, pero él le repitió que le había dado el día libre.

Durante unos momentos, Jamie no supo qué podía hacer. En parte, se sentía liberada por haberse quedado sin teléfono móvil. Su impulso habría sido contactar con su casa para ver cómo iban las cosas entre Jessica y Greg. Pero era un alivio poder desconectar del problema, aunque fuera de forma temporal.

Por primera vez desde que había llegado, decidió disfrutar de la piscina. En menos de cuarenta minutos, allí estaba, con su biquini, su toalla, su crema solar y un libro.

Era como estar de vacaciones. La piscina ofrecía espectaculares vistas del mar y estaba rodeada de palmeras y follaje, repletos de mariposas de colores y pájaros cantando. Jamie se acomodó en la tumbona y trató de no pensar en nada. Pero su mente la llevaba continuamente al mismo sitio. Ryan. ¿Se había dejado seducir por su personalidad encantadora e ingeniosa sin darse cuenta? ¿O había caído bajo un hechizo al perder su coraza, confesándole grandes parcelas de su vida privada?

Se había prometido a sí misma no cometer nunca más la tontería de enamorarse de su jefe. Lo que le había pasado con Greg podía excusarse como una locura de juventud. Además, no había ido a más, pues ni siquiera se lo había confesado jamás al veterinario.

La situación con Ryan era mucho más peligrosa. Él era más peligroso. En ocasiones, su cuerpo reaccionaba con tanta fuerza a su presencia, que tenía ganas de cerrar los ojos y desmayarse.

En comparación, su absurdo enamoramiento de Greg no había conllevado ningún riesgo. Había sido solo una distracción inocente del trauma que Jamie había vivido en casa. Se había refugiado en su trabajo y en la compañía del veterinario para huir de la dura realidad que la había estado esperando en su hogar.

Greg había sido amable, considerado y bondadoso y le había ayudado a superar la decepción que le había supuesto renunciar a su sueño de ir a la universidad.

Ryan, sin embargo...

Sí, era amable, considerado y bondadoso. Ella lo había visto en el modo que había interactuado con sus hermanas, con su madre y sus sobrinos. Pero no era Greg. Tenía algo que la excitaba y la asustaba al mismo tiempo. Cuando posaba en ella sus ojos color chocolate, la dejaba sin aliento, presa del deseo.

Iba a ser un alivio estar de vuelta en Inglaterra. Esperaba que Greg y Jessica hubieran arreglado sus diferencias. Pero, aunque no fuera así, se sentiría más segura de vuelta en la oficina, con sus tareas habituales. Allí, a millones de kilómetros de su terreno, era demasiado fácil que las fronteras entre jefe y secretaria se difuminaran.

Para dejar de pensar, Jamie se metió en el agua. Era una delicia. Comenzó a nadar, algo que le encantaba pero que apenas había podido hacer desde que se había mudado a Londres. Intentó bucear un largo entero sin sacar la cabeza.

Sin embargo, a pesar de lo mucho que estaba disfrutando, incómodos pensamientos empezaron a hacer mella en ella. En Londres, había renunciado a ir a nadar porque había estado demasiado ocupada trabajando. Por la misma razón, había renunciado a ir al gimnasio y había tenido que cancelar citas con sus amigas en muchas ocasiones. Nunca lo había pensado.

Se había concentrado en su profesión y en demostrar que merecía cada penique de su generoso salario. Nunca había pensado que, tal vez, se había pasado de la rosca, solo por tener la oportunidad de pasar más tiempo con Ryan. ¿Se había convertido en su secretaria indispensable porque, de forma inconsciente, había estado enamorada de él desde el principio? ¿Acaso había repetido el mismo error que con Greg, sin ni siquiera darse cuenta?

Aquella idea la inquietó tanto que no se dio cuenta de que se acercaba a la pared de la piscina. Buceando a toda velocidad, se dio un golpe en la cabeza y salió a la superficie, un poco atontada.

Cuando abrió los ojos, allí estaba Ryan, inclinándose sobre ella con preocupación.

Llevaba puesto un bañador y tenía la camisa de manga corta desabotonada.

Jamie se quedó anonadada al tener su torso musculoso y bronceado delante de las narices.

—¿Qué estás haciendo aquí? —preguntó ella al fin, aturdida.

—Rescatándote de nuevo. No tenía idea de que fueras tan propensa a los accidentes —indicó él y le tendió la mano para ayudarla a salir.

Pero Jamie lo ignoró. Nadó hasta las escaleras y se sentó allí, medio sumergida en el agua.

—Estabas nadando como un rayo, sin mirar dónde está la pared. ¿En qué estabas pensando? —dijo Ryan, se quitó la camisa y se sentó a su lado—. Deja que te vea el golpe.

—Otra vez, no —replicó ella. Al llevarse la mano al punto donde se había golpeado, se encogió—. Mi cabeza está bien. Igual que mis pies estaban bien ayer.

—Los golpes en la cabeza pueden ser serios. Dime cuántos dedos hay aquí —pidió él, levantando una mano con una sonrisa.

—Pensé que estabas trabajando —comentó ella con tono acusador. Por el rabillo del ojo, vio que Ryan se recostaba sobre los codos a su lado y levantaba la cara hacia el sol sonriente, con los ojos cerrados. Su belleza masculina era indiscutible, se dijo. De pronto, cuando él abrió los ojos y la sorprendió observándolo, se sonrojó y apartó la vista.

–Estaba trabajando, sí. Pero no pude resistir la tentación de venir a darme un baño. No sabía que nadaras tan bien.

–¿Has estado espiándome?

–Tengo que reconocer que sí –admitió él. Sin embargo, no pensaba confesarle que se había quedado embobado contemplándola por la ventana. Su biquini negro era todo lo modesto que podía ser un biquini pero, aunque no tenía nada de sexy, en su cuerpo lo convertía en una obra de arte erótica. Sin poder evitarlo, deslizó la mirada hacia su escote y aquellos generosos pechos que tanto lo excitaban.

Mirarla así, como un muerto de hambre, era jugar con fuego. Ryan estaba llegando a un punto en que empezaba a no importarle si era la secretaria perfecta o si sería mala idea irse a la cama con ella.

–¿Sabes algo de tu hermana?

–¿Has olvidado que me rompiste el móvil?

–Te compensaré de sobra por eso cuando volvamos a Inglaterra. De hecho, te autorizo a usar los fondos de la empresa para comprarte el mejor móvil que haya en el mercado.

–Muy generoso por tu parte.

–Bueno, yo influí en que dejaras caer el teléfono y se rompiera. Aunque también podías haberme hecho caso desde el principio y haber usado el teléfono fijo de la casa.

–Vaya, así que me asustas, haces que se me caiga y se me rompa el móvil y encima es mi culpa.

Ryan rio.

–Mi madre dice que eres la única mujer que ha conocido capaz de mantenerme a raya. Creo que es por cómo me acusaste de hacer trampas ayer en el Scrabble y me obligaste a retirar la palabra que había puesto. Yo estoy de acuerdo con mi madre.

–¡Estoy segura de que todas las mujeres con las que has salido no estarían tan de acuerdo!

–¿Es que te he ofendido? Te lo decía como un cumplido. Y, para que lo sepas, las mujeres con las que he salido no tienen objeción en que yo lleve las riendas. No creo que ninguna se atreviera a marcarme límites como haces tú.

–Si alguna de ellas hubiera trabajado para ti...

–Tú trabajas *conmigo*, Jamie. Somos un equipo.

–Como quieras. Si alguna hubiera trabajado para ti, hubieran aprendido que la única forma de sobrevivir a tu lado es intentar...

–¿Tomar el control? Nunca creí que me gustaran las mujeres mandonas, pero estar aquí contigo está siendo...

–¡Útil! –le interrumpió ella–. Espero que estés satisfecho con el trabajo que estamos haciendo.

–Me pone muy nervioso que hagas eso.

–¿Qué?

–En cuanto una conversación se sale de lo profesional, buscas cualquier excusa para cambiar de tema.

–¡Eso no es verdad! He hablado de todo tipo de cosas con tu familia.

–Pero no conmigo.

–No me pagas para que hable de toda clase de cosas contigo –se defendió ella, intentando con desesperación cerrar la caja de Pandora.

–¿Me tienes miedo? ¿Es eso? ¿Te pongo nerviosa?

–No, no me pones nerviosa –le espetó ella con firmeza–. Pero sé lo que te pasa. No estás acostumbrado a pasar días y días vagueando. Desde que te conozco, nunca te habías tomado más de un fin de semana libre.

–¿Te has fijado en eso?

–¡Deja de sonreír! Estás un poco aburrido y solo se te ocurre entretenerte... haciéndome rabiar.

–¿Ah, sí? Yo pensaba que estaba intentando conocerte mejor.

–Ya me conoces.

–Sí –murmuró él. Era cierto. Después de haber trabajado casi un año tan cerca, de alguna manera, había sintonizado con su forma de ser. Sabía cómo reaccionaba, conocía sus manías, lo que pensaba sobre diversos temas... Aunque el puzle estaba incompleto. Le faltaban detalles sobre su intimidad. Y le irritaba sobremanera pensar que el veterinario había sido el depositario privilegiado de esos detalles–. Y, si tú me conoces a mí, deberías saber que no quiero que te contengas de hablar con tu hermana solo porque te resulta extraño usar el teléfono de la casa. A menos, claro, que no quieras que nadie oiga tus conversaciones. O, tal vez, te avergüenza que te sorprendan hablando a escondidas con un hombre casado.

–¡Ese comentario está fuera de lugar!

–Cada vez que menciono a ese tipo, te muestras avergonzada y nerviosa. ¿Por qué?

–No sabes de qué hablas.

–Te digo lo que veo.

–¡No tienes derecho a sugerir esas cosas!

–Sigues sin responder mi pregunta. ¿Ha habido algo entre vosotros? ¿Lo sigue habiendo?

–¡Me estás insultando! –le gritó ella, saltó al agua y comenzó a nadar al otro lado de la piscina con la urgente necesidad de apartarse de él.

Pero Ryan la siguió.

–¡Greg está casado con mi hermana! –le espetó ella, clavando en él ojos furiosos–. No hay nada entre nosotros.

–Pero no siempre ha estado casado con tu hermana, ¿verdad? De hecho, lo conociste antes que ella. Vi la forma en que lo mirabas cuando se presentó en tu casa en Navidad...

–Eso es ridículo. No lo miraba de ninguna manera –protestó ella. ¿O sí? Tal vez. Había sido la primera vez que lo había visto después de años y no había estado segura de lo que había sentido por él. Sin poder evitarlo, se sonrojó.

–Que el veterinario ya no esté en tu vida no implica que no esté en tus pensamientos.

Azorada, Jamie apartó la mirada. El pulso le galopaba a cien por hora, mientras él la observaba sin perderse detalle.

–¿Por eso te fuiste a Londres?

–Fui a Londres porque... porque sabía que sería más fácil encontrar trabajo allí. Además, cuando Jessica se casó, vendí nuestra casa de la infancia y dividí los beneficios con ella. Eso me permitió ahorrar para comprarme algo para mí y pagar un alquiler mientras buscaba trabajo. Fue el momento adecuado, eso es todo.

–¿Por qué no me lo creo?

–Porque sospechas de todo por naturaleza.

–¿Te has acostado con él?

–¡No!

–Bien –dijo Ryan, sonriendo con satisfacción–. Aunque no creo que fuera un competidor difícil de vencer.

–¿Qué estás diciendo?

–Lee entre líneas. ¿Qué crees que estoy diciendo? –replicó él. La deseaba y ya no le preocupaba traspasar los límites. El sentido común que siempre había exhibido con las mujeres brillaba por su ausencia cuando estaba con ella.

Sin darse tiempo para pensar, Ryan la rodeó con sus brazos, acercó su cara, sintió su respiración y percibió el pánico en sus ojos, mezclado con la excitación. No se había equivocado cuando había notado su interés prohibido en él y, al pensarlo, tuvo una erección de campeonato, incluso antes de que sus labios se tocaran.

No recordaba haber hecho nada tan delicioso como eso. El breve beso público que se habían dado en Navidad había sido solo un aperitivo. Jamie entreabrió la boca con un gemido. Mientras le arañaba el pecho como protesta, el contacto de su lengua en la boca delataba que la invadía el mismo deseo que a él.

Ryan la acorraló contra la pared, apretando su cuerpo contra el de ella. Para que el agua no la cubriera, ella tenía que sujetarse con ambos brazos en los bordes de la piscina, lo que hacía que sus pechos se arquearan hacia delante de forma tentadora.

Cuando Jamie intentó decir algo, él la silenció profundizando el beso. Ella entrecerró los ojos y echó la cabeza hacia atrás, mientras se dejaba besar por el cuello con un gemido de placer.

Más que nada, Jamie quería empujarlo para que la dejara en paz, pero su fuerza de voluntad estaba anulada por las increíbles sensaciones que le invadían el cuerpo. Era como si un millón de estrellas fugaces hubiera llenado el firmamento.

Se dejó llevar cuando él le tomó las piernas para hacer que lo rodearan de la cintura y la cabeza empezó a darle vueltas al percibir su potente erección entre las piernas.

La superficie de la piscina comenzó a hacer olas. Cuando él le bajó los tirantes del biquini, ella titubeó un segundo, pero sus inhibiciones desaparecieron por completo. Con el cuerpo arqueado hacia atrás, sintió el calor del sol y el exquisito contacto de su boca en un pezón.

Jamie podía haberse quedado así toda la vida, dejando que le lamiera los pezones y se los masajeara con las manos, endureciéndolos y volviéndolos cada vez más sensibles.

Sin embargo, cuando él le bajó las braguitas del biquini, ella abrió los ojos de pronto, horrorizada por lo que estaba haciendo.

¿Qué diablos había pasado?

Pero no podía engañarse. Llevaba meses deseándolo. Aquello no tenía nada que ver con lo que había sentido por Greg. Ryan le provocaba sensaciones a todos los niveles, de una forma que era nueva por completo para ella.

Retorciéndose, Jamie lo empujó, lo esquivó y nadó al otro lado de la piscina.

Él la alcanzó al instante.

—¿Qué sucede?

Aunque no quería mirarlo a los ojos, Jamie tuvo que hacerlo cuando la sujetó de la barbilla.

—No... no sé qué ha pasado —susurró ella.

—Bueno, yo sí y no me importa explicártelo. Nos gustamos. Te toqué y te prendiste fuego.

—¡No!

—Deja de fingir, Jamie. ¿Por qué has parado?

—Porque... esto no está bien.

A Ryan no le sorprendía que pensara eso. Hacía solo veinticuatro horas, él mismo había desechado la idea de acostarse con ella, por considerarlo una locura.

—Somos adultos. No tiene nada de malo que nos sintamos atraídos.

—Eres mi jefe. ¡Trabajo para ti!

—Quiero algo más que una secretaria diligente. Quiero acostarme contigo y tocarte donde yo quiera. Apuesto a que también es lo que tú deseas, esté mal o bien. De hecho, estoy seguro de que, si te toco ahora mismo, aquí... —dijo él y, deslizando un dedo por su escote, observó cómo ella se esforzaba por no reaccionar—. No puedes decir que no me deseas.

—No te deseo.

—¡Mentirosa! —la acusó él y, cuando la besó de nuevo, su mentira quedó expuesta por la forma en que se aferró a él, incapaz de resistirse al beso—. No me digas que no te sientes atraída por mí.

—De acuerdo. De acuerdo. Tal vez. Pero no me enorgullezco de ello —repuso Jamie, tras tomar aliento—. Tienes razón. Estaba enamorada de Greg. Por eso, tuve que irme de Escocia, mudarme lejos –confesó con el corazón encogido. Tenía que encontrar la fuerza necesaria para apartarse de él con una buena excusa, porque, si no, la devoraría.

Ryan se quedó paralizado. Durante un minuto, sintió el estómago en un puño. Quizá ella no se había acostado con el veterinario, pero lo había amado.

–Cometí un error con Greg y he aprendido la lección. No he llegado tan lejos para tropezar de nuevo con la misma piedra. No me iré a la cama contigo solo porque te deseo. Ahora me iré y quiero que me prometas que no volverás a mencionar esto nunca más.

–Otra cosa más que no puedo mencionar nunca más, ¿eh? –le espetó él con ferocidad–. ¿Y quién dice que acostarnos sería un error?

–Yo –afirmó ella, mirándole a los ojos–. No soy como tú. No me acuesto con las personas solo porque me gustan. Si no crees que puedas olvidar este episodio, entonces tendrás mi dimisión sobre la mesa para cuando vuelvas de Florida.

No era un farol. Jamie hablaba en serio, comprendió Ryan. Él, que siempre había tenido facilidad para conquistar a las mujeres, estaba siendo rechazado por la única que de veras le había gustado. Lleno de frustración, apretó los puños. No había nada más que decir.

Jamie esperaba su respuesta.

Él asintió en silencio.

–Bien –dijo ella. Todavía le ardía el cuerpo pero, al menos, había rescatado su dignidad–. Ahora iré dentro –indicó y salió de la piscina, intentando no pensar en cómo le había acariciado todo el cuerpo, cómo le había lamido los pechos... Solo para dejarlo claro del todo, se giró hacia él un momento–. ¿Hay algo con lo que quieres que me ponga a trabajar?

–¿Por qué no te dejas guiar por tu propia iniciativa? –le respondió él con tono frío–. Te sugiero algo lo bastante pesado como para que olvides este pequeño y sórdido episodio de atracción sexual.

Ryan se contuvo para no decirle que, tal vez, el veterinario había elegido a la esposa equivocada. Para una mujer que reprimía sus impulsos sexuales tan bien como ella, sería perfecto un hombre que solo se preocupaba de sus animales enfermos. Habrían hecho buena pareja, caviló. Eso debía de haberle hecho sentir mejor. Sin embargo, al verla alejarse con la toalla firmemente sujeta alrededor de la cintura, no se sintió mejor.

Para sofocar el fuego que lo atormentaba, Ryan se puso a nadar como un loco, hasta que le dolieron los brazos. El sol comenzó a ponerse.

Llevaba más de dos horas en la piscina y, a pesar de que estaba agotado, habría seguido si no lo hubiera distraído el sonido de pasos de alguien que corría.

En los trópicos, la noche caía rápido, precedida solo por unos instantes de firmamento anaranjado, en la puesta de sol. Pronto, todo estaría negro como el carbón. En la penumbra, Ryan distinguió la figura de Jamie parada delante de las escaleras. Enseguida, empezó a bajarlas a toda velocidad. ¡No era de extrañar que aquella chica tuviera tantos accidentes!, pensó.

Él salió de la piscina de un saltó y, sin molestarse en secarse, se puso la camisa.

–¿Ha surgido algo urgente en el trabajo? –preguntó él con sarcasmo. Sin embargo, al fijarse en la expresión de pánico de ella, se llenó de aprensión–. ¿Qué pasa? ¿Qué sucede?

–Es tu madre, Ryan. Le pasa algo.

–¿Qué dices? –gritó él, al mismo tiempo que corría hacia la casa, deteniéndose lo justo para poder escuchar a Jamie.

–Después de ducharme, la busqué, pero no la encontraba. Así que fui a su cuarto a preguntarle si quería tomarse una taza de té conmigo. Cuando entré, estaba tumbada en la cama, blanca como la nieve. Me dijo que tenía un cosquilleo en los brazos, Ryan. Respiraba con dificultad. He venido corriendo todo lo rápido que he podido...

En la casa, Ryan subió las escaleras de dos en dos, seguido por Jamie. Solo habían pasado cinco minutos desde que había dejado a su madre en la habitación. Ella rezó porque la encontrara recuperada y todo hubiera sido un susto nada más.

Vivian Sheppard estaba despierta cuando llegaron, pero era obvio que no se encontraba bien y estaba muy asustada.

En cuestión de segundos, Ryan llamó al hospital y utilizó toda su influencia para conseguir lo que quería. Satisfecho, asintió mientras escuchaba lo que le respondían al otro lado de la línea.

–La ambulancia llegará dentro de cinco minutos –informó él. Se arrodilló junto a la cama y tomó la mano de su madre.

–Estoy segura de que no tienes de qué preocuparte

–murmuró Vivian, logrando apenas esbozar una sonrisa.

Detrás de él, Jamie titubeó sin saber qué hacer, sintiéndose como una extraña en un momento tan personal. Quería consolar a Ryan y darle ánimos, pero no estaba segura de cómo hacerlo. En cuanto oyó el sonido de la ambulancia, corrió abajo para guiarlos al dormitorio de Vivian.

¿Debía quedarse en la casa o acompañarlos al hospital?, se preguntó Jamie. Ante la duda, le dijo a Ryan que se quedaría, pero que los esperaría despierta hasta que llegaran.

–No sé cuándo será eso –repuso él con gesto preocupado, sin mirarla mientras se ponía los zapatos.

–No importa.

–Gracias a Dios que viniste a verla.

Jamie posó la mano en su hombro y percibió su calor a través de la camisa. Se contuvo para no apartarla de golpe, como si hubiera tocado fuego.

–Sé que debes de estar muy preocupado, pero intenta tranquilizarte. Es importante que le transmitas a tu madre mucha calma.

–Tienes razón –replicó él–. Ahora tengo que irme. Llamaré en cuanto pueda a la casa. O, mejor, quédate con esto –indicó, tendiéndole su propio móvil–. Te llamaré desde el teléfono de mi madre.

En pocos minutos, el sonido de la ambulancia dejó de oírse en la lejanía, dando paso a los grillos y la brisa nocturna en las palmeras.

Durante las siguientes tres horas, Jamie se sentó en el sofá del salón con las ventanas abiertas. El móvil de Ryan estaba delante de ella en la mesa, pero no

sonó. Debió de quedarse dormida, porque la sobresaltó un portazo y el ruido de pisadas. Cuando abrió
los ojos, Ryan estaba parado en la puerta.

–Creí que ibas a llamar –dio ella, incorporándose
en le sofá–. Estaba preocupada. ¿Cómo está tu madre? ¿Está mejor? ¿Qué le ha sucedido?

Ryan se acercó y se sentó a su lado con gesto serio.

–Ha tenido un ataque al corazón, pero no ha sido
grave. El médico dice que no hay que preocuparse.

–No pareces muy contento.

–¿Y te parece raro? –replicó él, hundiendo la cabeza entre las manos por unos momentos. Tras unos
instantes de silencio, la miró–. Le han hecho muchas
pruebas y la tendrán bajo observación un par de días
más.

–¿Te han dicho qué lo ha provocado?

–La preocupación, el estrés –contestó Ryan, repi-
tiendo las palabras del médico. Sin embargo, le costaba entenderlo, pues su madre vivía una vida cómoda y relajada, sin ninguna preocupación ni el más
mínimo estrés. Dándole vueltas, había comprendido
que lo único que podía preocupar a Vivian eran sus
hijos. Desde que Claire, Hannah y Susie se habían
casado y estaban felices con sus familias, solo le quedaba un motivo de preocupación. Él.

En los últimos años, su madre había mostrado in-
quietud porque estuviera soltero, por la clase de mujeres con las que salía y por lo mucho que trabajaba.
¿Acaso todo eso le había producido más ansiedad de
lo que él había creído?, se preguntó a sí mismo, ate-
nazado por el sentimiento de culpa.

–¿Has hablado con tus hermanas?

Pero Ryan guardó silencio. No tenía ganas de hablar. Parecía a miles de kilómetros de distancia, caviló Jamie. Por alguna razón, le decepcionó que no contara con ella, que no le abriera su corazón.

Justo cuando ella iba a excusarse para irse a la cama, creyendo que él prefería estar solo, la miró.

–Llamé a Hannah y le expliqué la situación. Se ofreció a tomar el próximo avión para venir aquí otra vez, pero la convencí de que no tenía sentido. Yo me quedaré con mi madre hasta que se recupere y, luego, volveré con ella a Londres –informó él y la miró unos segundos pensativo–. Tendrás que cancelar mi viaje a Florida. Llama a la oficina. Evan o George Law pueden ir en mi lugar. Envíales por correo electrónico la información que necesiten.

–Cla...claro –balbuceó ella, mordiéndose el labio inferior. Aturdida por sus propios sentimientos hacia él, tuvo que contenerse para no alargar la mano para acariciarlo y consolarlo–. Quería decirte... que no te preocupes... si quieres que me vaya, lo entiendo –añadió ella–. Ha sucedido algo inesperado y lo último que necesitas es tenerme aquí. No es momento para que una secretaria se entrometa –señaló y trató de esbozar una sonrisa comprensiva–. Yo me sentiría igual si estuviera en tu lugar y tú fueras mi secretaria.

El intento de Jamie de aligerar la tensión apenas tuvo efecto aunque, tras unos segundos, una media sonrisa pintó la cara de Ryan.

–Creo que no lo entiendes –dijo él, tras un momento de silencio–. No sé cómo decirte esto...

–¿Decirme qué?

Jamie contuvo el aliento, presa de la más incómoda aprensión. Sin duda, él había tenido tiempo para procesar y lamentar el incidente de la piscina. Llena de vergüenza, bajó la mirada, con lágrimas en los ojos, adivinando que iba a despedirla de su trabajo.

Capítulo 7

RYAN siguió mirándola. Era obvio que Jamie se había quedado dormida en el sillón. Tenía las mejillas sonrosadas y el pelo revuelto. Parecía joven e inocente, nada que ver con la secretaria eficiente a la que estaba acostumbrado. Sin duda, había una mujer mucho más viva y cálida bajo la máscara de fría profesionalidad que ella solía exhibir...

Sin embargo, no era momento para dar rienda suelta a sus fantasías, se dijo a sí mismo. Debía concentrarse en la conversación difícil que tenía por delante.

—No sé cómo decir esto...

—Nunca te quedas sin palabras —comentó ella. La cosa no tenía buen aspecto, pensó.

—Mi madre nos vio en la piscina. Esta tarde.

—Oh, no —dijo ella, llevándose la mano a la boca. Al momento, se sonrojó—. ¿Cómo lo sabes? ¿Te lo ha dicho?

—Claro que me lo ha dicho. No me lo he invitado. Decidió dar una vuelta por los jardines para tomar el aire y nos vio. Siguió el sonido de nuestras voces y descubrió lo que estábamos haciendo.

—Lo siento. ¡Es culpa mía! —exclamó ella, se levantó y comenzó a dar vueltas nerviosa por la habitación. Le temblaban las manos. No podía soportar tanta vergüenza–. Me iré de inmediato –dijo, deteniéndose delante de él para mirarlo a los ojos–. Solo necesito media hora para hacer la maleta.

–¡No seas ridícula!

–No puedo quedarme aquí. No podría mirar a tu madre a la cara. Lo que hicimos fue un terrible error. Debe de estar muy disgustada. ¿Es esa la razón por la que...? ¿Causamos nosotros su...?

–¡No! ¡Ahora, siéntate! –ordenó él y esperó que ella obedeciera–. Lo que vio no le provocó el ataque. Mi madre es bastante liberal con respecto a sus hijos, te lo aseguro. De hecho...

–¿Qué? Di lo que tengas que decir, por favor. Soy una mujer adulta. Podré soportar las malas noticias.

–De hecho, a mi madre le encantó lo que vio antes de volver a la casa, sin duda, con una sonrisa en la cara.

–Lo siento, pero no te entiendo.

–Lo que digo, Jamie, es que mi madre ha estado muy preocupada por mi estilo de vida. No tengo ni idea de por qué, pero así es. Al vernos, sacó ciertas conclusiones.

–¿Qué conclusiones? –preguntó ella, completamente aturdida.

–Pensó que somos pareja –explicó él–. Según mi madre, yo no se lo había contado porque siempre he sido muy celoso de separar mi vida profesional de la personal y me avergonzaba reconocer que había roto mi propia regla. Cree que intenté fingir mientras estaban mis hermanas aquí pero que, cuando se hubieron ido, no pude contenerme más.

–¿Y le has dicho la verdad? –quiso saber ella. Le ardían las mejillas.

–Bueno, aquí viene la parte delicada...

Ryan esperó unos segundos, con la esperanza de que ella misma atara cabos y no fuera necesario explicárselo todo con pelos y señales. Sin embargo, Jamie parecía bloqueada por completo.

–No pude –reconoció él al fin.

–¿Qué quieres decir?

–Mi madre está encantada contigo. Había conocido a alguna de mis novias en el pasado y ninguna le había gustado.

Jamie no pudo contenerse y murmuró que a ninguna madre le habrían gustado esa clase de chicas.

–Cree que tú y yo mantenemos una relación seria. No quise desilusionarla porque acaba de tener un ataque y no quería darle más estrés. Lo último que me dijo antes de irse a hacer las pruebas era que estaba feliz de que hubiera entrado en razón y hubiera encontrado una mujer a mi altura.

–¡Eso es horrible! –protestó ella. Estaba furiosa. No solo había cometido un error garrafal al albergar sentimientos hacia un hombre que nunca la amaría, no solo se había dejado llevar por sus impulsos, sino que encima no podía olvidar aquella historia porque Ryan no había sido capaz de explicarle la verdad a su madre–. Entiendo que a tu madre no le siente bien el estrés, Ryan, pero será peor si la engañas y, cuando se recupere, tienes que decirle la verdad. ¡No volverá a confiar nunca en ti!

–¿Entonces crees que debería arriesgar su precaria salud para ser honesto? ¿Crees que eres la única con un alto sentido de responsabilidad hacia la familia? Cuando mi padre murió, mi madre tomó toda la carga de cuidarnos. Lo ha pasado muy mal. En los malos tiempos, cuando descubrió que la familia estaba arruinada, tuvo que ocuparse de todo ella sola.

—Y tú fuiste testigo de ello. Lo siento mucho, Ryan.

—Todos tenemos problemas, Jamie. Yo estaba allí para ayudar y arreglar las cosas. Y, cuando se trata de la salud de mi madre, pienso seguir haciendo lo mismo.

Aquel hombre, que siempre parecía dispuesto a comerse el mundo, estaba loco de preocupación, reconoció Jamie. Tras su fachada de autoridad y poder, vislumbró al niño confundido que se había visto obligado a crecer antes de la cuenta. Igual que le había sucedido a ella.

—Así voy a permitirle a mi madre el lujo de creer lo que ella quiera creer.

—Yo...

—¿Sabes qué, Jamie? Quizá, tienes razón. Igual es mejor que te vayas. Seguro que puedo explicarle tu ausencia a mi madre.

Era lo que Jamie había querido. Sin embargo, su concesión no le hizo sentir mejor. Ver a Ryan de esa forma, exhausto y apagado, le rompía el corazón. Sabía que él no la detendría si decidía irse, pero su relación cambiaría de forma irrevocable. ¿Sería capaz de seguir trabajando para él?

¿Y por qué le enfurecía tanto darle lo que él quería?, se preguntó a sí misma. La madre de Ryan estaba enferma y, si fingir un poco la ayudaba a recuperarse antes, ¿qué tenía de malo? Regresarían a

Londres y, cuando llegara el momento, él le contaría que habían roto, de forma amistosa, claro. Su madre se entristecería, pero su salud no se vería afectada. Mientras que, si se lo decía en ese momento, cuando todavía estaba ingresada, ¿quién podía predecir cómo reaccionaría? Era una mujer mayor y, como tal, podía ser muy frágil en los temas relacionados con sus seres queridos.

Entonces, molesta, Jamie comprendió por qué estaba furiosa. En el fondo, su rabia provenía del miedo porque Ryan se había convertido en algo más que un jefe para ella. Sentía algo por él. Y no quería fingir que eran pareja porque temía que las fronteras entre realidad y ficción se difuminaran y ella acabara con el corazón hecho pedazos.

Entre la espada y la pared, intentó encontrar una vía de escape, una forma de encarar la situación que le permitiera llegar a buen término consigo misma. Con alivio, suspiró al dar con la solución. Se enfrentaría a ello como un encargo de trabajo. Él quería que representara un papel, sin tener ni idea de lo peligroso que era para ella, así que lo haría, pero con la misma asepsia y frialdad que si fuera una parte más de su empleo.

—¿Qué implicaría exactamente esta farsa?

—¿Estás diciendo que aceptas ayudarme? Es una labor difícil, Jamie. Lo sé y te aseguró que te estaré muy agradecido. Pero, si decides entrar en el juego, no puedes cambiar de idea a medio camino.

—Entiendo que esta charada será solo representada cuando estemos aquí con tu madre, ¿verdad?

—Eso es.

–¿Cuánto tiempo será eso con exactitud?

–Al menos, otra semana. Espero que mi madre pueda viajar a Londres para entonces. Igual se recupera antes, pero no quiero correr ningún riesgo –explicó él con una sonrisa seductora–. Solo corro riesgos en el campo profesional.

–Otra semana –repitió ella, mirando a lo lejos, pensativa. Durante esos siete días, habría largos periodos en los que no tendría que fingir porque su madre estaría durmiendo o descansando–. De acuerdo. Acepto, siempre y cuando dejemos bien clara una condición.

–¿Cuál es?

–Lo que pasó en la piscina fue un terrible error –afirmó ella, mirándolo a los ojos–. El sol, el ambiente exótico... Bueno, fue un momento de locura... aunque también reconozco que eres un hombre atractivo. Pasaron cosas que no tenían que haber pasado. Pero necesito tu promesa de que, si me quedo para fingir algo que no somos por el bien de tu madre, no volverá a haber ningún contacto físico entre nosotros. En otras palabras, las fronteras deben estar muy claras.

El silencio se hizo sobre ellos, mientras Ryan la observaba con gesto inescrutable. Jamie tuvo que hacer un esfuerzo supremo para mantener a raya sus emociones y no apartar la mirada.

–¿Tu discurso te lo diriges a ti misma también?

–¿Qué quieres decir?

–No soy ningún Casanova con intenciones oscuras de seducir a víctimas inocentes. Por mi experiencia, sé que la atracción sexual rara vez responde a los dictados de la razón.

–Quizá, en tu casa, pero no en el mío.

–Quizá, si hubieras dejado de lado tanta virtud y te hubieras entregado al veterinario en su momento, se hubiera casado contigo –murmuró él.

Con aquel solo comentario, Ryan hizo que el suelo se tambaleara bajo sus pies. Sonrojada de nuevo, Jamie se quedó sin palabras, dándole vueltas a la cuestión que él había puesto sobre la mesa.

¿Cómo era posible que no se hubiera sentido tentada ni una sola vez de materializar su atracción por Greg? ¿Por qué había tenido tan poca dificultad en contenerse entonces y, sin embargo, con Ryan se había convertido en un volcán de puro fuego, incapaz de mantener la cordura bajo sus caricias? ¿Estaba condenada a no poder resistirse a él? Cuando regresaran a Londres y su jefe volviera a salir con sus rubias despampanantes, ¿seguiría ella babeando por él en secreto, escondida tras la coraza de su ordenador de trabajo? Y lo peor de todo, ¿él lo sabría?

–¡Respondí a tus besos, sí, pero estaba pensando en Greg! –le espetó ella–. Me imaginaba que estaba con él.

–¿Me has usado como un sustituto? ¿Es eso lo que estás diciendo?

–Digo que no tiene sentido analizar las cosas. Lo que pasó, pasó, pero no se repetirá. Quiero que me des tu palabra o no aceptaré participar en tu farsa. En cuanto a mí, no tienes que preocuparte. Sabré controlar mis impulsos.

Invadido por una rabia asesina que no había sentido nunca antes, Ryan se preguntó si, cuando ella se había retorcido bajo sus besos, solo había estado pensando en el veterinario. Aunque no entendía mucho de psicología, le parecía creíble que la súbita aparición de Greg hubiera desembocado en que Jamie perdiera temporalmente sus inhibiciones con él. Una idea que no le gustaba en absoluto.

–Tienes mi palabra –dijo él con una oscura sonrisa y se levantó–. Ahora necesitamos dormir un poco. Es tarde. Iré al hospital a primera hora de la mañana.

–¿Puedo... ir contigo? Me he encariñado con tu madre y me gustaría visitarla, si no te importa.

Ryan comenzó a caminar hacia la puerta. No tenía sentido fustigarse pensando que había sido utilizado como sustituto. Era mucho más saludable buscar una explicación alternativa al comportamiento de Jamie, se dijo.

Pensativo, se giró hacia ella.

–No hace falta, de verdad. Le diré que querías verla. Aunque puedes decírselo tú misma cuando esté en casa dentro de un par de días. Es mejor que te quedes aquí y hagas los arreglos pertinentes para lo de Florida. Tienes que enviar toda la información necesaria a George Law. Creo que es mejor que vaya él y no Evans. Seguro que las presentaciones y los gráficos que has preparado le van a ser muy útiles.

A Jamie se le llenaron los ojos de lágrimas y bajó la vista. Cuando el Ryan que ella conocía, simpático, bromista y sonriente, desaparecía, era como si una nube negra se hubiera posado sobre su mundo.

–Tú no pensabas usarlos, ¿verdad? –adivinó ella, intentando recuperar el terreno de familiaridad que habían perdido.

–Los habría llevado conmigo. Aunque no sé si los

habría usado. Ya sabes que mis conferencias suelen ser más improvisadas. Pero ese gráfico con tantos colores resultaba muy atractivo.

–Me ocuparé de todo –prometió ella y salió.

–No me cabe duda. Confío en ti.

No tenía sentido darle más vueltas al extraño juego que Jamie había aceptado jugar. Tampoco tuvo mucho tiempo, pues Vivian recibió el alta al día siguiente.

Poco después de las cinco, cuando había hecho una última llamada a los organizadores de las conferencias en Florida, salió del despacho y oyó el sonido del coche de Ryan.

Con el estómago en un puño por los nervios, se dirigió a la puerta principal. Al abrirla, se topó con Vivian, todavía pálida pero con mucho mejor aspecto, junto a su hijo.

–Querida, me alegro mucho de verte.

Jamie se dejó abrazar, mientras miraba a Ryan por encima del hombro de su madre.

–¿Cómo te encuentras, Vivian?

–Como una vieja –repuso él con tono de broma y una sonrisa. Dándole el brazo a Jamie, entró en el salón, una de las habitaciones más frescas de la casa–. Creí que estaba sana como una manzana –confesó, acomodándose despacio en el sofá–. Pero la vida no deja de recordarnos que nadie está a salvo. Por suerte, ha sido un ataque muy suave. Una advertencia, según me ha dicho el médico. Tengo que tomarme la vida con más calma –añadió, cerró los ojos un momento y, cuando los abrió, sonrió a su hijo, que se había colocado detrás de Jamie.

Ella sintió la suave caricia de su mano en la nuca.

Así que en eso consistía la farsa, se dijo, en la clase de gestos íntimos y sencillos que su madre esperaría de dos personas enamoradas.

–Querida –dijo Vivian, mirándolos feliz–. No sabes lo entusiasmada que estoy desde que Ryan me ha contado lo vuestro.

Jamie se apartó discretamente de las caricias de su jefe para sentarse en una de las sillas, dejando que él se sentara en el sofá junto a su madre. Forzándose a sonreír, se llevó la mano a la nuca, donde todavía sentía un cálido cosquilleo.

–Ha sido un chico muy malo. No hacía falta jugar al escondite. Aunque todos sabemos lo firme que es acerca de mantener su vida amorosa apartada de...

–¡Mamá! –protestó él, interrumpiéndola–. ¡Estoy aquí delante!

–Lo sé, por eso, no he dicho tu vida sexual, sino tu vida amorosa –repuso Vivian, dándole una palmadita cariñosa en la rodilla–. No le gusta mezclar lo personal con el trabajo –prosiguió, sin apartar los ojos de Jamie–. Pero yo estoy encantada. No sé si te ha dicho que, desde hace tiempo, creo que necesita encontrar a una buena mujer y sentar la cabeza.

–Me lo ha comentado –murmuró ella.

–Eso me gusta –repuso Vivian con una sonrisa satisfecha–. ¡Sin duda, me estoy recuperando tan rápido porque soy muy feliz!

Durante una hora y media más, Vivian respondió a preguntas sobre la dieta que debía seguir, su plan de ejercicios y qué pensaba hacer cuando regresara a Londres. También, hizo sus propias preguntas a la pareja, que hicieron que Jamie se ruborizara, pero

Ryan respondió con el aplomo de un actor experimentado.

Vivian les confesó que había sospechado algo desde el primer momento, por la forma en que su hijo había mirado a Jamie. Cuando se refirió al suceso de la piscina, se sonrojó un poco, pero les aseguró que no se había quedado más tiempo del necesario y que solo había visto su beso apasionado que decía más que mil palabras.

Entonces, Jamie deseó que la tragara la tierra.

Poco después, Vivian se retiró a la cama, tras una cena ligera, dejando a la pareja a solas para rumiar el lío en que se hallaban.

–Esto es una pesadilla –anunció ella en cuanto Ryan volvió al salón.

–Lo hablaremos fuera. Mi madre puede aparecer cuando menos lo esperamos y no quiero que unas palabras descuidadas por tu parte puedan echar por tierra sus esperanzas.

Ryan se dio media vuelta y ella lo siguió a la terraza y más allá, por un sinuoso camino de escaleras de madera, hasta llegar a una pequeña cala de arena blanca.

Ya había oscurecido y la luna llena hacía brillar el mar como si fuera un manso lago de aceite negro.

Era la primera vez que Jamie bajaba a esa cala privada de noche. Mirando a su alrededor maravillada, se dio cuenta de lo aislados que estaban. Solo podía accederse allí desde la casa o por barco. Ryan se agachó con aire ausente para recoger un coco del suelo y lo lanzó al mar antes de sentarse en la arena, cerca de la orilla.

–No tenía ni idea de que tu padre estaba tan...

–¿Entusiasmada con que fuéramos pareja?

–Iba a decir tan desesperada porque sentaras la cabeza.

–¿Quieres decir que solo un hombre desesperado sentaría la cabeza contigo? –preguntó él y se tumbó en la arena con las manos detrás de la cabeza.

–No he dicho eso –puntualizó ella, sentándose a su lado–. ¿Qué vamos a hacer? –preguntó con frustración.

–Ya lo hemos hablado.

–Yo no he tenido tiempo de pensarlo. Por ejemplo, tendremos que inventarnos una historia larga y detallada sobre cómo...

–¿Sobre cómo nos enamoramos? Podemos contar que nos sentimos atraídos el uno por el otro entre la cafetera, los portátiles y los dictados.

–¿Te parece gracioso? ¡Tu madre cree que estamos a punto de anunciar nuestro compromiso!

–Ahora empiezas a comprender la posición en que me encontré cuando le hablé de nosotros. En su precario estado de salud, lo último que podía haberle dicho había sido que lo nuestro era solo una aventura pasajera. Me temo que te ve como alguien demasiado decente y responsable como para dejarse llevar por la lujuria. Así que habría pensado que yo te había seducido para aprovecharme de ti y, luego, dejarte tirada cuando me cansara.

–¿Como haces con todas tus novias?

–Me niego a entrar en una discusión. Esta es la situación en que estamos. Yo te la expliqué y tú aceptaste.

–Sí, pero no he firmado ningún acuerdo de contacto físico. Lo recuerdas, ¿verdad?

Como Ryan seguía mirando al cielo sin decir nada, Jamie agarró un puñado de arena y se lo tiró al pecho para llamar su atención.

Como el rayo, él se incorporó sobre un codo y la sujetó de la muñeca.

–Somos amantes, ¿recuerdas? Mi madre es vieja, pero no es tonta. Si mantenemos las distancias y nos sonreímos con educación, notará que pasa algo raro.

–Sí, pero...

–¿Qué? Te toqué tres segundos en la nuca. ¡No te he metido las manos debajo de la falda!

Jamie se retorció para soltarse. La mano de él la sujetaba con firmeza férrea. Y le quemaba la piel.

–¿Por qué no te imaginas que soy el veterinario? –le espetó él con tono feroz–. Así disfrutarías de las ocasionales caricias.

Jamie apretó los ojos. Nunca debió darle a entender que lo había utilizado, ni que había estado pensando en Greg cuando habían estado juntos en la piscina. Había sido mentira. Pero lo había hecho para defenderse, como una cobarde, tratando de no hacerse responsable de sus actos.

Si hubiera sido al revés, si ella se hubiera entregado a besar a alguien y, después, le hubieran dicho que la habían utilizado como sustituta de otra mujer, tampoco le habría gustado.

–No funcionaría –repuso ella, tensa–. Suéltame, por favor.

Ryan la soltó de inmediato. Había mencionado al

veterinario sin pensarlo, cuando lo que quería era olvidarse de él de una vez por todas.

—¿Qué significa eso? —quiso saber él.

—No debí decir lo que dije... Lo siento, no debí decir que estaba pensando en Greg. En realidad, Greg había desaparecido de mis pensamientos hacía mucho tiempo.

—Continúa.

—No hay más que decir. Me disculpo por haberte dado la impresión equivocada.

—A ver si lo entiendo. ¿No te excita pensar en el veterinario?

—Parece ser que no.

—En la piscina, tu forma de reaccionar... ¿era por mí?

—¡Pero eso no significa que estuviera bien! Lo que hicimos...

—No quieres tener contacto físico conmigo porque te excito y eso no te gusta —la interrumpió él.

—Algo así —admitió ella, nerviosa bajo la atenta mirada de él—. Tengo que contarte mis progresos en lo que me pediste que hiciera. No hemos tenido oportunidad de hablar de trabajo, con todo lo que ha pasado hoy.

Ryan ladeó la cabeza, pensativo. Debía de tener la autoestima muy baja, se dijo a sí mismo, si las insinuaciones de una mujer que ni siquiera era su novia habían logrado provocarle tan mal humor. Al mismo tiempo, que se hubiera retractado de sus palabras le había producido el efecto contrario. Estaba en las nubes...

—¿Has hablado con Law?

–Y le he enviado toda la información. También...
–dijo ella y se humedeció los labios–. He llamado...
a las personas necesarias en Florida.

–¿Y? ¿También...?

–Te estás riendo de mí.

–Me intriga que te pongas tan nerviosa de repente.

–¿Qué tiene de raro?

–No. Nada. Te has propuesto dejar de lado algo
que consideras peligroso y me parece bien. Manten-
dré al mínimo el contacto físico, si es lo que quieres.

–Sí –dijo ella, aunque no consiguió sonar demasiado firme.

–Está bien. No te tocaré, pero tú puedes tocarme
a mí –señaló él con voz ronca–. Cuando y como quieras, porque no tengo problemas en admitir que me
haces sentir como un adolescente. Ahora mismo estoy excitado y no saldré corriendo como una virgen
ofendida si decides tocarme para comprobarlo.

Su reto permaneció en el aire durante unos segundos.

–¿Por qué tienes que hacerme reír? No es justo
–dijo ella y, con la respiración acelerada, se inclinó
hacia delante, sabiendo de antemano cómo iba a ac-
tuar ante tan atrevido reto.

–La vida no es justa. Si me deseas, tócame.

–Solo mientras estamos aquí –aceptó ella con un
suave gemido. Como guiada por voluntad propia, su
mano se posó en el pecho de él, sobre la piel que la
camisa desabotonada dejaba al descubierto–. Solo
esta semana. Si podemos fingir ser algo que no somos por el bien de tu madre, finjamos entonces que
somos personas distintas el uno para el otro. Yo no

seré tu secretaria. Y tú no serás mi jefe solo durante unos días, seremos dos desconocidos que se han encontrado en una hermosa isla del Caribe. ¿Qué te parece?

—Yo seré quien tú quieras que sea —aseguró él con voz sensual—. Ahora, quítate la camiseta. Muy despacio. Y el sujetador. Despacio. Quiero ver cada centímetro de tu hermoso cuerpo antes de empezar a tocarlo.

Un escalofrío de excitación recorrió a Jamie. Debería salir corriendo, ¿pero por qué no quería hacerlo? Siempre había llevado una vida llena de responsabilidades y cautelas. Se había pasado tanto tiempo cuidando de su hermana que casi había olvidado lo que significaba ser joven.

¿Qué tenía de malo que se diera el lujo de recordarlo durante unos días?

Con una sonrisa, Jamie comenzó a quitarse la camiseta, muy, muy despacio. A continuación, hizo lo mismo con el sujetador.

Luego, empujó a Ryan con suavidad para que se tumbara en la arena y se montó encima de él a horcajadas. Entre las piernas, notó la dura erección de él.

Y en sus ojos... ¡deseo y admiración!

—¿Qué más... quieres que haga? —preguntó ella con tono provocador.

Capítulo 8

TRAS días de haber tirado por la borda todas sus reservas, Jamie ya no se molestaba en mantener la guardia. ¿Por qué iba a hacerlo? A Ryan le excitaba sin lugar a dudas. En sus momentos de pasión desbocada, él no se cansaba de susurrarle cuánto y, con cada una de sus ardientes palabras, minaba un poco más las defensas de su secretaria.

Pero no todo el tiempo lo dedicaban al sexo. Vivian los incitó a salir en varias ocasiones con la excusa de que necesitaba estar tranquila y a solas en la casa. La isla era preciosa, aunque Ryan apenas la conocía. Se dio cuenta de que, siempre que había ido allí, había ido cargado de trabajo y con poco tiempo para disfrutar.

Fueron al Lago Azul y nadaron en sus aguas cristalinas. Tomaron barcos a las islas vecinas. Ella le obligó a pasear por la selva y él le confesó que le daban miedo los bichos.

—Los hombres de verdad no temen confesar sus pequeñas debilidades —señaló él de buen humor, mientras Jamie reía y jugaba con una mantis religiosa.

Ella nunca había pasado unas vacaciones fuera de Inglaterra de niña. Al haber perdido a su padre a temprana edad, habían tenido que apretarse el cinturón.

Por las noches, en muchas ocasiones, le contaba a Ryan historias de su infancia, que él escuchaba con atención.

También seguían trabajando juntos. Pasaban las mañanas en el despacho y, aunque se centraba en las tareas que tenían por delante, de vez en cuando sus cuerpos se rozaban y sus miradas se entrelazaban llenas de deseo.

En ese momento, Jamie estaba apagando su portátil, mientras sentía que, entre las piernas, estaba húmeda y ansiosa porque la tocara.

Él estaba hablando por teléfono, cómodamente recostado en su sillón de cuerpo, sin perderse ni uno de los movimientos de su secretaria.

–Tenemos el contrato –anunció él después de colgar–. George está muy agradecido por todas las sugerencias y la información que le enviaste por correo electrónico. Dice que le han sido muy útiles.

–Bien –dijo ella con una sonrisa.

–¿Es eso lo único que tienes que decir? –preguntó Ryan, clavando los ojos en sus pechos, que se erguían provocadores bajo la camiseta, sin sujetador.

Apenas podía mirarla sin que su cuerpo reaccionara. ¿Dónde había ido a parar su autocontrol en lo relativo a las mujeres?, se dijo a sí mismo. Andaba por todas partes con una erección semipermanente y la cabeza llena de imágenes eróticas que solo desaparecían cuando estaba profundamente dormido. Incluso, un par de veces, se había despertado en medio de la noche pensando en ella y se había tenido que dar una ducha fría, pues Jamie se había negado a compartir cama con él para dormir.

–¿Qué más quieres que diga?

–Yo creo que las acciones dicen más que las palabras.

–¿Cómo quieres que actúe? –inquirió ella y, al ver cómo la recorría de arriba abajo con la mirada, se sonrojó–. No podemos –susurró–. Tu madre está esperándonos en la terraza para que comamos con ella.

–Me olvidé de decirte que se ha ido al pueblo. Ha quedado con una de sus amigas para tomar algo allí. Es increíble lo rápido que se ha recuperado –indicó él–. De hecho, hacía mucho tiempo que no veía a mi madre tan relajada.

Desde que se había enterado de su supuesta relación, Vivian parecía rejuvenecida y no dejaba de hablar de ello. Quién sabía lo que estaría planeando su cabecita.

Ryan intentó no pensar en eso. Y volvió la atención a la mujer que tenía a solo unos centímetros. Su faldita dejaba ver unas piernas esbeltas y morenas y su blusa de tirantes le estaba rogando ser arrancada.

–Así que tienes todo el tiempo del mundo para demostrarme lo emocionada que estás porque hayamos conseguido unos clientes nuevos. Aunque, si lo pienso bien, debo ser yo quien tiene que mostrarte lo impresionado que estoy por tu valiosa contribución.

Ryan se incorporó hacia delante y la acarició los muslos, haciendo que ella se derritiera. Luego, deslizó las manos más arriba, bajo sus braguitas de encaje y tiró de ellas. Temblando, Jamie se apoyó en el escritorio y cerró los ojos, dejándose llevar por la deliciosa sensación de ser desnudada. Estaba ardiendo, a pesar de que el aire acondicionado estaba al máximo en la habitación.

Por lo general, hacían el amor por la noche, después de que Vivian se hubiera retirado a dormir. Las estrellas y la luna habían sido testigos de sus encuentros en la playa. En dos ocasiones, se habían dado un baño nocturno y habían repetido al salir del agua. También habían hecho el amor en sus dormitorios. En una ocasión, hasta lo habían hecho en la cocina.

Sin embargo, el despacho había sido destinado solo a trabajar. Por eso, tenía algo de prohibido y mucho de excitante estar medio desnuda allí.

–Deberíamos ir al dormitorio –susurró ella, acariciándole el pelo.

–No sé –repuso él, levantando la cara hacia ella unos momentos–. Me parece apropiado demostrarte lo agradecido que estoy por tu trabajo en un despacho, ¿no crees?

–¿Y si los jardineros nos ven por las ventanas?

–Tienes razón. Cerraré las cortinas. No te muevas.

Al instante siguiente, Ryan estaba de nuevo a su lado, volviéndola loca con los dedos y con la lengua. La saboreó hasta que ella estuvo a punto de explotar y comenzó a rogarle que la poseyera. Cada vez que miraba hacia abajo y veía su cabeza morena enterrada entre las piernas, se deshacía un poco más.

–No puedo soportarlo más –gimió ella, temblorosa, mientras él seguía jugando con la lengua en su clítoris.

–Me encanta que digas eso –dijo él al fin y, tomándola en sus brazos, la llevó al sofá.

Tumbada, Jamie lo contempló embelesada mientras se desnudaba. Tenía un cuerpo musculoso, fruto del gimnasio y de las partidas de squash. Allí, en la playa, solía correr a las cinco de la mañana.

Sin hacerse esperar, Ryan se posicionó encima de ella y le quitó la camiseta. Ella se arqueó, ofreciéndole sus pechos como un irresistible festín. Hundiendo la cabeza en ellos, la penetró de inmediato. Ella se estremeció y, en cuestión de segundos, escaló a lo más alto del orgasmo, seguida por él, como si ambos cuerpos fueran solo uno.

Era una bendición tumbarse junto a él, hechos un ovillo en el sofá, pensó Jamie. Le hubiera gustado quedarse así toda la vida. Sin embargo...

–Ahora que hemos cumplido nuestra misión y tu madre está más que recuperada... –comenzó a decir ella, pues necesitaba aclarar las cosas.

Ryan se puso rígido. Sabía que era una conversación de la que no podía seguir escapando. Él tenía que regresar a Londres y ocuparse de su empresa, no podía delegar sus tareas en otras personas para siempre, por muy placentero que fuera estar en aquella isla paradisíaca con aquella mujer deliciosa.

Jamie esperó que él hablara y, al ver que no era así, suspiró.

–Debemos pensar en volver.

–Sí –admitió Ryan–. Es necesario –añadió. Hasta ese momento, nunca se había planteado qué iba a hacer con lo que habían empezado, con su ingenioso plan para aplacar las preocupaciones de su madre.

–Tengo que reservar los billetes.

–Jamie, eres una aguafiestas.

–Lo siento. Solo intento ser realista.

–Nos iremos el fin de semana, es decir, pasado mañana –indicó él y se tumbó boca arriba, mirando al techo.

–Entonces, podremos volver a ser las personas que éramos antes de venir aquí.

–¿Crees que será fácil? –preguntó él, observando su gesto inescrutable–. ¿Crees que vamos a poder retomar la fría relación estrictamente profesional que manteníamos antes?

–¡No era fría!

–Sabes a lo que me refiero. No podemos borrar lo sucedido de un plumazo.

–¿Qué intentas decir?

–Digo que esto dejó de ser una farsa en el momento en que nos acostamos juntos y, si crees que podemos fingir que no ha pasado nada, te equivocas. Lo que sentimos seguirá vivo cuando volvamos a Londres, yo esté en mi mesa y tú, en la tuya. Cuando nos miremos, vamos a recordar lo que hemos hecho y no podremos evitarlo.

–Nunca debimos meternos en esto –comentó ella. Había siempre un precio que pagar. En su caso, reconoció que iba a ser mucho más alto de lo que había esperado. Había dejado de lado todas sus reservas y se había lanzado de cabeza a un sentimiento que la devoraba. Le gustara o no, se había enamorado de él.

–Por favor, dime que no vas a echarme un sermón diciendo que te arrepientes –pidió él con tono seco–. Pensé que habíamos superado esa fase.

–¿Y en qué fase estamos ahora? Tienes razón. No podremos mirarnos a la cara y fingir que no ha pasado nada.

–Entonces, solo nos queda una salida –señaló él con una sonrisa.

–¿Cuál?

–Seguiremos saliendo cuando estemos en Londres. Hace dos meses, nunca habría imaginado que pudiéramos acostarnos juntos. Pero ahora que lo hemos hecho me encanta y no voy a renunciar a ello, por lo menos, todavía, no. Todavía me vuelves loco y no dejo de pensar en ti ni un minuto del día.

Todavía, se dijo Jamie. La realidad de un final inminente envenenó cualquier fantasía de felicidad que pudiera haber albergado.

Ryan quería alargar su aventura porque lo estaba pasando bien. Y él era un hombre con una excelente capacidad de disfrutar de la vida. Por supuesto, no tenía que preocuparse, como ella, de qué pasaría cuando todo terminara y se quedara con el corazón hecho pedazos.

–No puedo creer que te diga esto, pero eres la mujer más sexy con la que me he acostado –confesó él con una sonrisa de satisfacción–. Además, eres muy divertida.

Jamie hubiera dado cualquier cosa por poder cerrar los ojos y disfrutar del momento, como había estado haciendo los días anteriores. Se había acostado con él y había gozado cada segundo. Sin embargo, cuando estaban a punto de regresar a Londres, no podía seguir actuando como si no le preocupara el futuro.

–Cuando te toco, olvido lo que significa el estrés –reconoció él–. Además, mi madre está encantada. No tenemos por qué arrepentirnos de nada –añadió y la besó en los ojos–. Veamos adónde nos lleva esto,

Jamie, y, cuando termine, no tendré que mentir a mi madre.

Cuando terminara, se repitió ella en silencio. Ryan estaba tan acostumbrado a mantener relaciones cortas que no era concebir que pudiera ser de otra manera. Estaba claro que, para él, aquella situación era sexualmente satisfactoria, pero solo temporal. Cuando estuvieran de vuelta en Londres, ¿cuánto tardaría la mujer más sexy con la que se había costado en convertirse en agua pasada?

Allí, en la isla, no había competencia. En Londres, habría mujeres intentando engatusarlo en cada esquina. Lo llamarían, lo irían a buscar, le enviarían mensajes. ¿Y qué haría ella?

Sintiéndose de pronto demasiado vulnerable sin ropa, Jamie se incorporó en el sofá.

—Deberíamos levantarnos y vestirnos. Tengo hambre y tu madre estará a punto de volver.

—Dudo que le molestara descubrir que hemos estado haciendo algo más que ordenar ficheros en el despacho.

—No se trata de eso —repuso ella con tono serio y comenzó a levantarse.

Ryan la agarró de la muñeca y tiró de ella, haciendo que se le cayera encima.

—La conversación no ha terminado. Tú la has empezado y ninguno de los dos se va a ningún sitio hasta que no lleguemos a algo.

—No sé qué quieres que diga.

—Lo sabes muy bien, Jamie.

—De acuerdo. ¡Quieres que te diga que seguiré acostándome contigo hasta que decidas que estás harto de mí y me tires a la basura como un pañuelo usado para cambiarme por la próxima rubia despampanante que se cruce en tu camino!

–¿Por qué te has puesto así? –preguntó él, arqueando las cejas, sorprendido. No entendía por qué Jamie estaba tan furiosa.

Durante unas milésimas de segundo, ella albergó la esperanza de que le dijera que no habría más mujeres para él, que adoraba el suelo que pisaba y que la amaría hasta la muerte. Pero la fantasía se esfumó al instante.

–Yo... he disfrutado mucho pero, cuando volvamos a Londres, las cosas volverán a ser como antes. Sé que será difícil, pero no imposible. Estarás ocupado con todo el trabajo que te espera allí. Y yo estaré ocupada con mi hermana que no se habrá ido de mi casa. Antes de que nos demos cuenta, cuando miremos atrás, esto nos parecerá un sueño, como si nunca hubiera pasado.

Ryan no podía creerlo. Jamie lo estaba dejando. Sabía que, en un principio, ella había mostrado reticencias. Pero, una vez que había accedido a acostarse con él, había creído que seguiría a su lado hasta que decidieran ir por caminos separados de mutuo acuerdo. Solo de pensar que no podría tocarla más, se quedó helado.

Pero no iba a suplicar.

–Además, sería incómodo que, antes o después, la gente se enterara. Ya sabes cómo son los cotilleos de oficina. Perderíamos el respeto de los empleados.

–Hazte un favor y no te preocupes por mí. Nunca me han preocupado los cotilleos.

–Bueno, pues a mí, sí. Nunca me ha gustado que hablen de mí a mis espaldas. Además, seamos honestos. Esta relación no va a ninguna parte –indicó ella, asqueada consigo misma porque, todavía, tenía la esperanza de que él desmintiera o negara lo que acababa de decir.

Sin embargo, él se limitó a encogerse de hombros.

–¿Por qué tiene que ir a alguna parte? Estamos bien así. Eso es lo que importa.

–¡A mí, no!

–¿Me estás diciendo que quieres que te pida que te cases conmigo? –preguntó él despacio, clavando en ella sus enormes ojos.

–¡No! ¡Claro que no! –le espetó ella con una risa nerviosa–. Pero no quiero perder más tiempo en una relación que no va a ninguna parte. Supongo que he aprendido la lección de lo que me pasó con Greg.

–Ya –dijo él, se levantó y, dándole la espalda, comenzó a vestirse. Con desesperación, intentó pensar en una manera de convencerla para que cambiara de idea.

–Podemos seguir disfrutando durante el poco tiempo que nos queda aquí... –propuso ella, avergonzada por lo desesperado de su sugerencia.

Furioso, Ryan se preguntó cómo podía ser tan fría. Estaba dispuesta a ofrecerle su cuerpo un día y medio más, sabiendo que todo terminaría en el momento en que subieran al avión.

–¿Unas cuantas sesiones más de sexo desenfrenado? –le espetó él con sarcasmo–. ¿Cuántas veces crees que podemos hacerlo antes de que despegue el avión?

Ryan meneó la cabeza, frustrado consigo mismo por su incapacidad de ver las cosas con perspectiva. Jamie no se parecía a las mujeres con las que había salido en el pasado. Era muy seria, no salía de fiesta ni se gastaba todo el dinero en ropa ni en joyas. Sin duda, él se había dejado seducir por la novedad de estar con alguien tan distinto de lo que conocía. Eso, añadido al hecho de que era inteligente y divertida y se había llevado de maravilla con su familia, le había hecho olvidar que no era la clase de chica que se conformaría con la relación que él podía ofrecerle.

–Vístete –ordenó él. No podía hablar con ella mientras su cuerpo desnudo siguiera tentándolo.

Jamie se puso roja y se vistió de inmediato. Era obvio que él estaba listo para relegarla al pasado. Era un hombre especializado en cerrar relaciones y en olvidar a las mujeres. ¡Hasta había perdido interés por verla desnuda!

Había sido un error sugerir que siguieran acostándose durante el breve tiempo que les quedaba, se reprendió a sí misma, avergonzada por su propia debilidad.

–Tendremos que mantener la farsa mientras estemos aquí –indicó él con expresión velada.

Jamie asintió, bajando la vista para ocultar su perplejidad. Respiró hondo y trató de recuperar la compostura antes de mirarlo.

–Por supuesto.

Su fría sonrisa puso a Ryan de los nervios. Apretando los dientes, se metió los puños en los bolsillos.

–Mira, lo siento mucho –dijo ella, incómoda, tratando de recuperar al Ryan que había conocido. En su lugar, sin embargo, se encontraba con un extraño frío como el hielo.

–¿Qué es lo que sientes? –preguntó él, encogiéndose de hombros. Abrió la puerta y se hizo a un lado para que ella pasara–. Yo te pedí que vinieras. Tú estabas dispuesta a quedarte en Londres haciendo de niñera de tu hermana.

Jamie se mordió el labio y se contuvo para no discutírselo. Por alguna razón, se sentía menos libre que nunca para decirle lo que pensaba. Además, él parecía ignorarla por completo, mientras caminaba hacia la terraza. Al llegar allí, se sentó en uno de los sillones con las piernas estiradas.

–También te persuadí para que representaras un papel porque me convenía, así que no tengo ni idea de qué sientes, a menos que sea el haberte acostado conmigo... Pero los dos somos adultos. Sabíamos en lo que nos metíamos –señaló él y la miró por encima del hombro. Ella se había quedado parada en la puerta–. ¿Por qué no vas a hacer los preparativos para nuestro regreso? Y puedes tomarte el resto del día libre.

Jamie lo dejó allí mirando al horizonte. Su presencia ya no era necesaria, así que obedeció. Consiguió billetes para el día siguiente, lo que fue un alivio. Delante de Vivian, hicieron una representación pasable de su farsa, pero ella se retiró muy temprano a dormir.

Aterrizar en Londres fue como volver a un lugar que Jamie ya no conocía. Después de la tranquilidad, el colorido y la exuberancia de la isla, las calles grises de la ciudad eran un triste recordatorio de lo que había perdido.

Cuando llegaron al aeropuerto, Hannah y Claire los estaban esperando para recoger a Vivian. Allí mismo, Ryan respondió a una llamada del móvil.

Ella lo conocía tan bien que, cuando lo vio girarse, bajar el tono de voz y soltar una carcajada sensual, comprendió que estaba hablando con una mujer.

—Por favor, dime que mañana no tendré que empezar el día enviándole flores a tu nueva novia —pidió ella, casi quebrándosele la voz.

—No tengo ni idea de qué me hablas —repuso él, arqueando las cejas.

—De acuerdo —dijo ella y sonrió, como si, en realidad, no tuviera importancia.

—Pero, si lo hiciera, ¿te molestaría?

Jamie se cerró un poco el abrigo al salir a la calle y paró un taxi delante del aeropuerto.

—¿Quieres saber la verdad?

Él asintió, ladeando la cabeza. Después de haberse pasado un día y medio evitándose el uno al otro, sentía curiosidad por saber qué pensaba ella tras su fría fachada.

—No me gustaría, no —reconoció en voz baja—. Pero lo haría. Así que no pienses que tienes que hacer nada a escondidas de mí. Nuestra relación profesional es mucho más importante para mí que una breve aventura. De hecho... —comenzó a decir y miró hacia donde el chófer de Ryan lo esperaba con impaciencia. Él iría directo al trabajo y ella volvería a su casa a ver qué había pasado con su hermana.

—¿Sí?

–De hecho, después de todo, me has hecho un gran favor.

–¿De qué hablas?

–Me has sacado de mi autoengaño. Durante mucho tiempo, me mentí a mí misma pensando que todavía sentía algo por Greg. Me has ayudado a ver que es un error enterrarse en el pasado –confesó ella. En parte, era cierto y, además, aquella idea le servía para no derrumbarse. Todo había sido para bien. Si conseguía creérselo, podría soportar escuchar a Ryan seduciendo a otra mujer por teléfono–. Ahora soy una persona distinta. Pienso empezar a disfrutar de la vida. He pasado demasiado tiempo hibernando. Eso es todo lo que quería decirte... Aunque tu madre sigue creyendo que vamos a anunciar nuestro compromiso... ¿Puedo preguntarte cuándo vas a decirle la verdad?

–¿Qué importa? Después de todo, ahora estás fuera de la ecuación –respondió él con tono educado.

–Sí, ¿pero qué vas a contarle? Me cae muy bien Vivian y no me gusta haberla engañado.

–No te preocupes. No ensuciaré tu nombre, Jamie.

–Gracias. Porque me gustaría volver a ver a tu familia alguna vez.

–Eso no sería apropiado.

–Es verdad. Lo entiendo –afirmó ella con un nudo en la garganta y apartó la vista.

–Pronto, le contaré a mi madre que hemos dejado de ser pareja, pero que mantenemos buena relación y seguimos trabajando juntos. Puedes estar tranquila, si ella culpa a alguien, será a mí.

–No le va a gustar –adivinó Jamie. Ella sabía lo

que era vivir dentro de una burbuja y lo doloroso que era hacerla estallar.

–En ese caso, me aseguraré de ofrecerle otra cosa en que pensar y con la que contentarse –murmuró él, inclinándose para hablarle al oído.

–¿De qué hablas?

–¡Quizá, los dos hemos aprendido una lección de todo esto! –exclamó él con mirada maliciosa.

–¿No me digas?

–¡Claro que sí! Tú no tienes el monopolio de las lecciones de vida, Jamie. Mientras tú disfrutas descubriendo Londres, yo me dedicaré a encontrar a mi pareja perfecta. Mi madre quiere que siente la cabeza. Y, tal vez, tiene razón. ¡Igual es hora de que formalice una relación!

Capítulo 9

RYAN miró a la rubia que lo observaba expectante desde el sofá de su oficina. Ella lo estaba esperando para salir, quería una noche de diversión, ir a cenar a un sitio caro y, si era posible, recibir algún regalo caro que hiciera juego con su delicado modelito.

Era viernes por la noche, hora de divertirse. Sin embargo, por alguna razón, Ryan no era capaz de despegarse del trabajo. Pensó en alguna excusa para poder zafarse de su compromiso, haciendo una mueca ante su propia idiotez.

–¿Dónde estaba Jamie? Desde que habían vuelto a Londres hacía dos semanas, ella había estado todos los días deseando que llegara la hora de salir. Los días en que se había quedado horas extras sin rechistar eran cosa del pasado. Seguía siendo la misma secretaria eficiente de siempre, educada y profesional, pero se iba siempre a su hora y no llegaba ni un segundo antes de lo indicado.

Era obvio que estaba volcándose en disfrutar de su vida de soltera, como le había mencionado en el aeropuerto. Ryan no lo sabía, porque ella nunca mencionaba ni una palabra sobre lo que hacía fuera de la oficina. Y él no iba a mostrar su interés preguntándole.

Abigail, que estaba empezándose a cansarse, se levantó del sillón.

—¿Vamos a salir o qué, Ryan, cariño? ¡Por favor, no me digas que nos vamos a pasar la noche del viernes en la oficina!

—Me he pasado muchas noches de viernes aquí y lo he pasado bien —repuso él, aunque se levantó también y le ayudó a ponerse el abrigo a su acompañante.

—Bueno —dijo Abigail, posando un breve beso en sus labios—. Yo no soy así. ¡Te deseo buena suerte para encontrar a una mujer que sí lo sea!

Su comentario volvió a llevar a Ryan a pensar en Jamie. Todo le recordaba a ella, en realidad. Sin querer, se quedaba embobado mirando cómo se movía, cómo fruncía el ceño cuando estaba leyendo algo, cómo hablaba por teléfono y cómo se frotaba el cuello cuando estaba cansada. Percibía cómo bajaba la vista cuando hablaba con él y cómo se sonrojaba de vez en cuando, el único indicador de que, bajo su compuesta superficie, no era tan inmune a él como quería hacerle pensar.

¿O sí?

Ryan no estaba seguro y eso le sacaba de sus casillas. Nunca le había costado poner punto y final a una relación, aunque le estaba resultando imposible en esa ocasión. ¿Por qué? La única razón que se le ocurría era que habían cerrado página antes de lo apropiado. Era una historia inacabada.

Otro punto a tener en cuenta era que no había sido

él quien había roto. Aunque le costara reconocerlo, su orgullo masculino herido también debía contribuir a la desagradable fijación que tenía con su secretaria.

Sería de gran ayuda si consiguiera distraerse con más eficacia con su sustituta, la rubia Abigail.

Eran más de las diez cuando entraron en el exclusivo club de baile de Knightsbridge. Habían cenado en uno de los restaurantes más caros de Londres, donde Abigail había hecho sutiles comentarios criticando su indumentaria, que consideraba demasiado desarreglada. Ryan había pedido más vino para ahogar su creciente irritación. Su acompañante se había pasado la mayor parte del tiempo intentando ganar su atención sobre diversos cotilleos sobre gente que él ni siquiera conocía. Lo había aburrido con interminables anécdotas acerca del mundo del cine, en el que ella trabajaba, como si por el mero hecho de ser actriz su vida tuviera que ser de lo más apasionante para los demás.

Sin duda, era demasiado pronto para volver a salir con mujeres, sobre todo, si tenían la cabeza tan hueca como Abigail, se dijo Ryan. Al entrar en el club, tardó unos momentos en adaptarse a la penumbra. En un ambiente íntimo y acogedor, sonaba una banda de jazz en directo y varias mesas acogían a los clientes que habían ido a cenar o a relajarse con una copa y disfrutar del espectáculo de baile.

Él había ido a aquel lugar en varias ocasiones, pero esa fue la primera vez que, al mirar a su alrededor, no le vio ningún atractivo. Quizá se estaba haciendo demasiado viejo para esa clase de cosas. Estaba en la treintena y, aunque no se había propuesto en serio buscar pareja para casarse, tal vez, fuera hora de sentar la cabeza. Al menos, estaba seguro de que no quería seguir yendo a ese lugar toda la vida con una Abigail colgada del brazo.

Justo cuando iba a decirle a su acompañante que se iba y que, si ella quería quedarse, podía quedarse sola, Ryan vio a Jamie.

¿Desde cuándo frecuentaba su secretaria salas de baile como esa?, se preguntó él, anonadado. ¿Eso era lo que había estado haciendo desde que habían vuelto a Londres? ¿Por eso todos los viernes había tenido tanta prisa por salir de la oficina?

Abigail vio a unas amigas suyas y se excusó un momento para ir a saludarlos. Él asintió. Estaba ansioso por saber con quién había ido Jamie. ¿Tal vez con su hermana? Lo más probable era que Jessica se hubiera librado del pobre veterinario y estuviera introduciéndola en la vida nocturna de la ciudad.

Después de enviar a Abigail y su grupo de amigas tres botellas de champán, que fueron recibidas con risitas y sonrisas, se pidió un whisky y se dirigió hacia donde Jamie había desaparecido, en la puerta del baño.

Mientras él la había observado caminar hacia allí, varios hombres se habían dado la vuelta para mirarla. Él lo entendía. Su secretaria ya no llevaba zapatos bajos, ni moño. En su lugar, brillaba una preciosa mujer con tacones de aguja, un corto y ajustado vestido rojo y el pelo suelto, peinado con la raya al lado.

Dándole un generoso trago a su copa, Ryan hizo

una mueca. No veía a Jessica por ninguna parte. Si la hubiera visto, la hubiera felicitado por la milagrosa transformación de su hermana.

Se había pedido su segundo whisky cuando Jamie salió del baño. Cuando ella pasó a su lado, la agarró del brazo, sobresaltándola.

Jamie estaba comenzando a arrepentirse de haber aceptado la invitación a salir de Richard, un amigo de Greg que le habían presentado tres días antes. No le gustaban los clubs nocturnos. La música le parecía demasiado alta como para mantener ninguna conversación y estaba todo muy oscuro, sobre todo, para llevar tacones altos. Un movimiento en falso y acabaría de bruces en el suelo. Por eso, caminaba con pasitos muy cortos y solo había aceptado, a regañadientes, salir a la pista de baile en un par de ocasiones.

Y Richard... Bueno, era un tipo agradable, del mismo estilo que Greg. Los dos habían ido a la universidad juntos y ambos eran veterinarios. Debería estar encantada, se dijo a sí misma. Tal vez, si hubiera conocido a Richard hacía un año, lo habría recibido con más entusiasmo e, incluso, se habría embarcado en una relación con él.

Pero Ryan había estropeado sus posibilidades de fijarse en otro hombre. Comparado con él y su vibrante personalidad, Richard parecía aburrido y demasiado plácido. No sentía ninguna atracción por él.

Sin embargo, era consciente de que su indumentaria hacía que muchos hombres la miraran y temía que alguno se atreviera a intentar algo con ella. Por eso, cuando alguien la sujetó del brazo al salir del baño, se asustó.

Jamie se giró con la boca abierta, lista para soltarle un buen rapapolvo a quien había tenido el descaro de sobresaltarla.

Pero, al ver a Ryan, se quedó sin palabras.

–¿Qué estás haciendo aquí?

–Iba a preguntarte justo lo mismo. ¿Has venido con tu hermana?

–No. Ahora tengo que volver a mi mesa. Mi acompañante debe de estar preguntándose dónde estoy.

–¿Qué acompañante? –preguntó él, sorprendido–. ¿Me estás diciendo que has venido con un hombre?

Jamie dio un respingo. ¿Acaso él creía que era incapaz de tener una vida propia fuera del trabajo? Se había pasado las últimas dos semanas intentando demostrarle que así era, esforzándose por salir del trabajo siempre a la hora en punto, para dejarle ver que tenía muchas cosas excitantes que hacer fuera de la oficina.

–¿Qué tiene de raro?

–¿Has venido con él o lo has conocido aquí? –inquirió Ryan–. Porque, si lo has conocido aquí, tengo que advertirte de que no tengas expectativas demasiado altas. La mayoría vienen a ver lo que pillan, sin intenciones serias.

Jamie comenzó a alejarse, seguida por él. Ella estaba con un hombre, se repitió a sí mismo, ofendido. De pronto, sintió la necesidad de conocer a ese hombre. ¿Cómo había ella logrado encontrar pareja en solo dos semanas? Aunque tampoco era raro. Tenía un cuerpo precioso y, sin duda, había aprendido a sacarle provecho.

Con la mandíbula apretada, Ryan se sintió todavía

más irritado al descubrir que el tipo que se levantaba a saludar a Jamie parecía un hombre decente. Tenía pelo corto, sonrisa agradable y gafas redondas.

Al darse la vuelta y ver que Ryan la había seguido, Jamie no tuvo más remedio que presentárselo a su acompañante. A su lado, Richard parecía muy poca cosa, lo que la puso un poco más furiosa.

–¿Te importa que saque a bailar a tu pareja? –le preguntó Ryan a Richard–. Hoy se ha ido de la oficina demasiado temprano.

–¡Me he ido a mi hora!

–Y hay un par de cosas que tengo que hablar con ella. No suelo hablar de trabajo en mi tiempo de ocio, pero...

–¿No has venido con nadie? –inquirió ella, molesta, y bajando el tono de voz, añadió–: ¿O eres uno de esos hombres que vienen solos para cazar lo que se les presente?

–No es mi estilo –repuso él y la rodeó de la cintura, dando por hecho que Richard no iba a presentar mucha batalla.

Mientras la llevaba a la pista de baile, Jamie no dejaba de protestar, alegando que estaba cansada y que quería sentarse.

–¿Cansada? –le susurró él con voz aterciopelada–. ¿Cómo vas a disfrutar de la noche si ya estás bostezando a las once?

La banda comenzó a tocar una lenta balada y ella se encogió cuando Ryan la apretó contra su cuerpo, recordándole cómo era sentir su contacto. No era un recuerdo que le gustara rescatar.

–Estoy segura de que a tu acompañante no le hará

gracia verte bailar conmigo –comentó Jamie con rigidez–. ¿Dónde está?

–Detrás de ti. Con vestido azul brillante y zapatos azules –contestó él y la giró para que pudiera ver a la rubia de pelo rizado y largas piernas.

–Es muy guapa –dijo ella con tono seco. Sin querer, se preguntó si, en esa ocasión, se trataba de una relación estable–. ¿Se la has presentado a tu madre ya?

–Mi madre todavía no sabe que tú y yo hemos roto –le musitó él al oído.

–¿No se lo has dicho?

–No he tenido oportunidad –replicó él–. ¿Y quién es tu acompañante, Jamie? Cuéntame, ahora que me has interrogado por la mía.

–¡No te he interrogado!

–¿Intentas evitar mi pregunta? –la retó él. Sentir sus pechos sobre el torso lo estaba excitando, por eso, se apartó un poco, para no dejar que ella notara su erección.

–No es asunto tuyo.

–Me preocupo por ti. No olvides que casi nos casamos.

–¡De eso nada!

–Es lo que piensa mi madre. Por eso, no creo que esté de más advertirte que tengas cuidado con los hombres. El mundo está lleno de peligros. Date cuenta que a ese lo has conocido solo hace dos semanas. Podría ser un delincuente.

–¿Cómo te atreves?

–Deberías sentirte halagada porque me intereso por tu bienestar. Ese tipo puede llevar el pelo bien cortado y usar desodorante, pero no tiene por qué ser de fiar.

¿Acaso él se consideraba de fiar?, se dijo Jamie, dando un respingo. Se contuvo para no preguntarle si la rubia de largas piernas lo consideraría de fiar cuando se cansara de ella y la dejara plantada.

También, quiso preguntarle si su relación iba en serio. Pero no pensaba hacerlo. Las últimas dos semanas habían sido una agonía por no mirarlo, no responder a sus miradas. Había hecho todo lo posible por fingir que había dejado atrás su aventura pasajera. Por eso, no quería tener ninguna conversación personal con él. Aun así, le irritaba que el mero hecho de estar entre sus brazos en la pista de baile la hacía sentir más viva que nunca desde que habían vuelto a Londres.

—Los tipos peligrosos pueden esconderse tras fachadas inofensivas —continuó él—. ¿No ves las noticias?

—Bueno, gracias por tu preocupación y tus sabias palabras, pero puedes estar tranquilo. Richard es amigo de un amigo.

—¿No me digas?

—Greg me lo presentó, para que lo sepas. Fueron a la universidad juntos. Richard trabaja en Londres.

—¿Otro veterinario? ¿No has tenido bastante?

—No pienso quedarme aquí a escuchar tonterías.

—Estamos bailando —repuso él y la hizo girar sobre la pista—. ¿Y el veterinario número uno está aquí con su explosiva esposa?

La música hizo una pausa, pero Jamie no pudo irse porque la tenía sujeta con firmeza de la muñeca.

Por el rabillo del ojo, Ryan vio que Abigail lo miraba con disgusto.

Sin soltar a Jamie, llamó al camarero y le pidió que llevara más botellas de champán a Abigail y sus amigas, con sus disculpas porque tenía que hablar de unas cosas con su secretaria.

–Bien. Ahora ibas a contarme lo de tu hermana y su veterinario.

Con un suspiro de exasperación, Jamie miró a su alrededor. No quería estar allí con Ryan, ni quería que el cuerpo le subiera de temperatura al sentir su contacto. Sin embargo, sabía que su jefe podía ser tan persistente como un perro con hueso. Si no le contestaba y se iba a su mesa, sin duda, él la seguiría, incluso podía llamar a su rubia acompañante para que se uniera a ellos en la mesa. ¡Eso no lo soportaría! Así que, rindiéndose, se dijo que bailaría con él una canción más y, luego, se despediría.

–Han arreglado las cosas –informó ella con reticencia.

–¿Por qué no me lo has dicho antes?

–No pensé que te interesara.

–Pues sí me interesa –le espetó él. No le gustaba comprobar que ella le hubiera mantenido al margen del desenlace de los acontecimientos. Jamie se había encerrado en su fortaleza impenetrable y le había dado con la puerta en las narices–. ¿Qué pasó?

–Es una larga historia.

–Podemos bailar hasta que me la cuentes entera.

–Me sinceré con Jessica cuando volví a Londres –explicó ella. Había sido la primera vez que lo había hecho y se alegraba. Quizá, al estar con Ryan y su familia, había aprendido cómo debían ser las relaciones sanas entre parientes y lo importante que era ser honesto y abierto–. Le dije que no podía presentarse en mi casa, sin preocuparse por lo mucho que estaba interfiriendo en mi vida. Le dije que era una desconsiderada y que era ya lo bastante mayor para resolver sus propios problemas. También le dije que estaba siendo una tonta, que Greg estaba loco por ella y que, si no quería continuar con la relación, debía romper de una vez y dejar de marearlo. Sobre todo, le dije que arreglara las cosas en otra parte porque estaba harta de tenerlos a los dos en mi casa.

–Un gran día para ti –comentó Ryan y, por primera vez en muchos días, ella le sonrió.

–Entonces, salió todo. Jessica me dijo que tenía mucho miedo de quedarse embarazada y perder la línea. Yo siempre la había envidiado porque, gracias a su belleza, siempre se había salido con la suya. Sin embargo, me di cuenta de que ser la más hermosa también era una forma de esclavitud.

Al contárselo, Jamie se dio cuenta de lo mucho que había echado de menos esas conversaciones. En la isla, se había llegado a acostumbrar a compartir sus pensamientos con él y recibir sus comentarios, siempre inteligentes y llenos de humor.

Tragando saliva, se dijo que no debía dejarse llevar por la nostalgia. Tenía que recordar que su aventura había terminado. Ryan tenía una nueva novia y ella no había sido más que una novedad pasajera.

–Bueno, eso es todo. Nada interesante.

–Eso deja que lo decida yo –repuso Ryan–. ¿Y dónde estaba su maridito cuando hablabais de corazón a corazón?

—Tomando una copa con Richard.

—Qué considerado por su parte presentarte a su amigo.

—Igual tengo debilidad por los veterinarios —mintió ella, sin querer confesar que nadie le parecía atractivo después de haber estado con él—. Igual que tú tienes debilidad por actrices y modelos.

—Igual. Bueno, avísame si decides casarte y empezar a tener hijos.

—No creo que el matrimonio deba considerarse a la ligera. Además... no he salido muchas veces con Richard —contestó ella, ocultándole que aquella era la primera vez—. Pero no te preocupes, te avisaré con tiempo cuando decida casarme.

—Diablos, Jamie, ¿no crees que deberías salir con más hombres antes de decidirte?

Ryan se pasó las manos por el pelo con frustración. Quería decirle que un par de citas no era suficiente para pensar en casarse. Quería encontrar una excusa para no dejarla marchar, para seguir bailando con ella toda la noche. Pero Jamie ya estaba caminando hacia su mesa.

—¡Yo no soy así! —le espetó ella mientras se alejaba—. Y, por favor, no me sigas a la mesa o me sentiré muy culpable porque tu novia esté sola.

—Abigail está bien así.

—¿De veras? Pues no lo parece.

—Una pregunta, nada más.

Jamie se detuvo y lo miró. Incluso entre la multitud, el atractivo de Ryan lo hacía destacar como si no hubiera nadie más en la sala.

—¿Qué?

−¿Te has acostado con él ya?

Su tono ligero y provocador lo decía todo, pensó Jamie, irritada y sonrojada. ¿Se estaba riendo de ella?

−Creo que es hora de terminar esta conversación, Ryan. Nos vemos en el trabajo el lunes. Que lo pases bien −le espetó ella y, sin esperar más, se fue a su mesa, donde Richard la estaba esperando.

¿Por qué no podía enamorarse de un hombre como Richard Dent?, se preguntó a sí misma con frustración. Era agradable, amistoso, considerado. Le había regalado flores y había aceptado con caballerosidad que ella le aclarara que lo quería solo como amigo. Aun así, había insistido en llevarla a cenar, de todos modos.

Aunque intentaba concentrarse en lo que el veterinario le estaba diciendo, Jamie no podía dejar de observar a Ryan e imaginarse lo que haría con su novia después.

Ryan la sorprendió mirándolo y la saludó con un gesto de la cabeza que ella interpretó como una burla. Sin pensar, aceptó la invitación a bailar de Richard, sabiendo que ella dormiría sola, mientras que Ryan se llevaría a la bonita rubia a la cama.

Al llegar a casa, Jamie echó de menos por primera vez a su hermana. Le habría gustado tener a alguien con quien hablar.

Ver a Ryan con otra mujer la había dejado fuera de combate. La perspectiva de verlo salir con una lista interminable de rubias, hasta que alguna tuviera la personalidad suficiente para llevarlo al altar, le resultó desesperante. Cuando eso sucediera, ¿sería capaz de seguir sonriendo y fingir que no le importaba? Si no era así, lo único que podía hacer era dimitir de su empleo.

Era la única salida, se dijo y tomó un pedazo de papel para escribir un borrador de lo que podía decir para explicar su dimisión de un puesto bien pagado que siempre le había gustado.

Entonces, sonó el timbre. Era la una y media de la madrugada. Debía de ser Richard, pensó. Igual le había pasado algo.

Cuando abrió la puerta, todavía vestida con su atuendo rojo, pero con zapatillas de andar por casa, se topó con Ryan.

–¿Sueles abrir la puerta a estas horas a cualquiera que llama? –dijo él y, sin esperar invitación, entró–. Es peligroso. Vas a preguntarme qué hago aquí y me pedirás que me vaya. Pero no me iré. Quiero hablar contigo. ¿Dónde está tu novio?

–Me dejó en casa y se fue –contestó ella, titubeando–. Está bien. Yo también quiero hablar contigo –indicó. No quería seguir dándole vueltas a las cosas. Ni quería que él se creyera con derecho a presentarse en su casa de noche a darle sermones.

En la cocina, Jamie le tendió una taza de café y el borrador de su carta de dimisión.

–¿Qué es esto? –preguntó él, como si le costara comprender.

–¿A ti qué te parece? Es mi dimisión –repuso ella con el corazón acelerado por el pánico–. Lo pasaré a limpio y lo dejaré en tu escritorio a primera hora de la mañana.

–Sobre mi cadáver –dijo él, haciendo una bola con el papel–. ¡No acepto tu dimisión! –exclamó lleno de furia–. No te vas a ninguna parte, ni vas a perder el tiempo con ese perdedor con el que sales.

Capítulo 10

NO TE atrevas a darme órdenes, Ryan Sheppard.

–Alguien tiene que cuidar de ti.

–¿Por eso has venido? No soy tan ingenua, puedo cuidar de mí misma.

–No puedes ir en serio con ese tipo si solo habéis salido un par de veces –continuó Ryan, nervioso–. ¿Le has hablado de nosotros? ¿Te ha pedido él que dejes tu empleo por eso? En ese caso, te advierto que no te conviene.

Jamie lo miró perpleja.

–¿Has estado bebiendo?

–¡Harías beber a cualquier abstemio! –murmuró él–. ¡Me dijiste que no querías casarte!

–¿Estás celoso?

–¿Debería estarlo? –replicó él–. Claro que no estoy celoso. Nunca lo he estado –añadió. Aunque, durante toda su vida había sido cierto, en esa ocasión era una mentira como una casa. Ardía de celos. ¿No era eso lo que le había llevado a su casa a esas horas? De pronto, sintió que necesitaba algo mucho más fuerte que una taza de café–. No puedes dimitir. No te lo permito.

–¿Porque soy indispensable? Nadie lo es. Trabajaré un mes más y me aseguraré de buscar a alguien apropiado para que me sustituya.

–Nadie puede sustituirte.

Jamie ignoró el placer que le produjo su comentario. Pero no podía creerle. No era más que uno de sus juegos para seguir dominándola y hacer con ella lo que quisiera.

–Oh, venga ya.

–No me ha gustado verte con ese tipo.

–¿Qué quieres decir?

–Creo que me he puesto celoso, lo reconozco –murmuró él. Se sentó y, frunciendo el ceño, hundió la cabeza entre las manos antes de volver a mirarla.

–Estás celoso...

–Has desaparecido todas las tardes a las cinco en punto desde que volvimos a Londres –dijo él con tono acusador– Y, de pronto, descubro por qué. Has estado yendo a clubs nocturnos y saliendo con hombres a mis espaldas.

–No he estado saliendo con hombres, en plural. Y tú también has estado saliendo con mujeres, de todas maneras –protestó ella.

–Abigail fue un error. No sé en qué estaba pensando cuando la invité a salir.

–¿Te... te has acostado con ella? No me importa, claro. Es solo por curiosidad.

–Pues debería importarte todo lo que yo hago, porque es lo que yo siento por ti. No. No me he acostado con ella. No me apetecía.

Jamie contuvo el aliento, insegura de haber escuchado bien.

–Ni siquiera me habías contado lo de tu hermana.

–Yo... no quería seguir compartiendo confidencias contigo, Ryan. Pensé que, si íbamos a seguir trabajando juntos, las cosas deberían volver a la normalidad. Por eso, me propuse guardarme mis asuntos para mí.

–Me expulsaste de tu vida y eso no me gusta –confesó él.

Jamie se quedó con la boca seca cuando sus ojos se encontraron. Le temblaba el cuerpo y no sabía cómo interpretar lo que acababa de escuchar.

–Si te has terminado el café, te puedo preparar otro. Vayamos al salón para seguir hablando –propuso ella, intentando ganar tiempo para pensar. Ryan estaba celoso, le importaba lo que ella hiciera y quería que fuera recíproco. Y no se había acostado con la rubia.

Por un momento, Jamie tuvo la tentación de dar rienda suelta a sus esperanzas. Sin embargo, había aprendido bien la lección con Greg. No debía construir más castillos en el aire. ¿Adónde la llevaría? Lo más probable era que él buscara pasar unas semanas o unos meses más con ella, nada más. O, tal vez, solo necesitaba tiempo para reunir el valor necesario para contarle a su madre la verdad.

–No entiendo por qué me dices todo esto ahora –señaló ella tras sentarse en el sofá. Con alivio, respiró al ver que él se sentaba en la silla de enfrente, dejándole algo de espacio vital–. Durante dos semanas, no has mostrado ni el más mínimo interés.

–Tú me dejaste, Jamie.

–Tuve que hacerlo –afirmó ella, sonrojándose–. No sirvo para tener aventuras pasajeras.

–Eso nos lleva de nuevo al tipo con el que sales. ¿Te ha hecho ya promesas de futuro?

–Richard es muy agradable, pero... –comenzó a decir ella–. Igual no me gustan los veterinarios, después de todo.

–Pues, si quieres que te sea sincero, a mí no me gustan las rubias de piernas largas, por muy famosas que sean en el mundo de la moda o del cine.

–¿Qué quieres decir? –preguntó ella con cautela, observando cómo Ryan se levantaba de la silla y se acercaba.

–Eso es agua pasada. No sé cuándo han empezado a cambiar las cosas –confesó él–. Entraste a trabajar para mí, Jamie, y echaste a perder todas las cosas que antes había dado por sentadas.

–¿A qué te refieres? –preguntó ella, conmovida por la expresión de vulnerabilidad de su interlocutor. Cuando él le tocó la muñeca, no la apartó.

–Me he acostumbrado a tener una relación con una mujer que sea mi igual –continuó él–. No hablo de una relación sexual, sino emocional e intelectual. Eso es lo que más une a las personas, aunque yo no me daba cuenta. Notaba que cada vez me aburrían más las mujeres con que salía. Pero, cuando estuve contigo, no solo nos acostábamos. También... hablábamos –señaló–. Cuando decidiste romper, empecé a darme cuenta de todo lo que había perdido. Te echaba de menos. Te echo de menos.

–¿Sí? –preguntó ella, saboreando cada palabra de su confesión.

–Cuando me besaste en Navidad, yo no entendí

nada. Me dije que solo lo hacías para ponerme celoso porque seguías enamorada del veterinario.

—Dejé de sentir algo por Greg hace miles de años, cuando empezó a salir con mi hermana —explicó ella—. Te besé porque Jessica iba a hacerlo y no quería que Greg lo presenciara. Hubiera supuesto el final de su matrimonio.

—¿Es la única razón?

Jamie se puso roja.

—Te besé porque quise —admitió ella y lo miró a los ojos—. En aquel momento, no era consciente, pero me he sentido atraída por ti desde la primera vez que te vi, Ryan Sheppard.

—Una vez dijiste que la atracción no era suficiente —recordó él—. Y tenías razón. Me he enamorado de ti y no sé cuándo empezó todo.

—¿Te has enamorado de mí?

—Me sorprende que no te dieras cuenta. Me despedí de Abigail y vine a verte a toda prisa. No podía soportar la idea de que invitaras a ese tipo a subir a tu casa.

—No puedo creer que me quieras —dijo ella y, con una mano temblorosa, le acarició la mejilla—. Yo también te quiero. Cuando fingimos ser pareja por tu madre, yo sabía que no iba a poder continuar con la farsa en Londres, porque yo quería mucho más. Sabía que, cuando te cansaras de mí y me dejaras, no podría soportarlo.

Ryan la abrazó y, sumidos de nuevo en el paraíso, comenzaron a besarse como si les fuera la vida en ello.

Enseguida, subieron al dormitorio, dejando un reguero de ropas a su paso. Jamie se entregó a la deliciosa sensación de estar completa. Sin él, le había faltado lo más importante.

–Cariño, no quiero pasar por la tortura de las últimas dos semanas. Ni quiero que salgas de noche si no es conmigo –le susurró él después–. Por eso, ¿quieres casarte conmigo, Jamie?

–¡Sí! –repuso ella, comiéndoselo a besos.

Aunque a Ryan le habría bastado una boda sencilla y rápida, su madre había tenido otros planes. Y a Jamie no le había importado complacerla en la celebración de una ceremonia por todo lo alto.

Jessica se había ofrecido a ir a Londres para acompañarla a ir de compras para la boda.

–Pero nada de salir por la noche ni de beber –había advertido Jamie.

Su hermana le había respondido con una carcajada.

–¡Estoy embarazada! Iba a darte una sorpresa mostrándote mi primera ecografía, pero no he podido contenerme.

Jessica estaba más feliz que nunca, volcada de lleno en su embarazo. Había comprendido que Greg la amaba por lo que era, no por su espléndida figura.

–Y tú serás la próxima –le había augurado su hermana.

Y así fue.

Un año y dos meses después, Jamie estaba sentada con Ryan y la pequeña Isobella, un precioso bebé regordito de pelo moreno.

–El centro de Londres no es lugar para criar a un bebé –indicó él, con un montón de fotos de casas de campo sobre la mesa.

Habían decidido mudarse a Richmond, que no estaba lejos, pero tampoco tenía el tráfico y el caos de la ciudad.

–No es demasiado grande, ni demasiado pequeña... Y está en el sitio perfecto –comentó ella, observando uno de los folletos.

–Sabía que esa te gustaría –comentó él con una sonrisa–. Tiene un jardín de rosas, vistas al parque... Iremos a verla. Debemos tener en cuenta el tamaño, también. Para cuando la familia crezca un poco más... –añadió. Lleno de felicidad, tomó el rostro de ella entre las manos y la besó con ternura–. Y, cuanto antes comencemos a trabajar en ello, mucho mejor...

Acepte 2 de nuestras mejores novelas de amor GRATIS

¡Y reciba un regalo sorpresa!

Oferta especial de tiempo limitado

Rellene el cupón y envíelo a
Harlequin Reader Service®
3010 Walden Ave.
P.O. Box 1867
Buffalo, N.Y. 14240-1867

¡Si! Por favor, envíenme 2 novelas de amor de Harlequin (1 Bianca® y 1 Deseo®) gratis, más el regalo sorpresa. Luego remítanme 4 novelas nuevas todos los meses, las cuales recibiré mucho antes de que aparezcan en librerías, y factúrenme al bajo precio de $3,24 cada una, más $0,25 por envío e impuesto de ventas, si corresponde*. Este es el precio total, y es un ahorro de casi el 20% sobre el precio de portada. !Una oferta excelente! Entiendo que el hecho de aceptar estos libros y el regalo no me obliga en forma alguna a la compra de libros adicionales. Y también que puedo devolver cualquier envío y cancelar en cualquier momento. Aún si decido no comprar ningún otro libro de Harlequin, los 2 libros gratis y el regalo sorpresa son míos para siempre.

416 LBN DU7N

Nombre y apellido	(Por favor, letra de molde)	
Dirección	Apartamento No.	
Ciudad	Estado	Zona postal

Esta oferta se limita a un pedido por hogar y no está disponible para los subscriptores actuales de Deseo® y Bianca®.
*Los términos y precios quedan sujetos a cambios sin aviso previo.
Impuestos de ventas aplican en N.Y.

SPN-03   ©2003 Harlequin Enterprises Limited

Deseo

IDILIO EN EL BOSQUE

JANICE MAYNARD

Hacer negocios todo el tiempo era el lema del multimillonario Leo Cavallo. Por eso, dos meses de tranquilidad forzosa no era precisamente la idea que tenía de lo que debía ser una bonificación navideña. Entonces conoció a la irresistible Phoebe Kemper, y una tormenta los obligó a compartir cabaña en la montaña. De repente, esas vacaciones le parecieron a Leo mucho más atractivas.

Pero la hermosa Phoebe no vivía sola, sino con un bebé, su sobrino, al que estaba cuidando de forma temporal. Y a Leo, sorprendentemente, le atrajo mucho jugar a ser una familia durante cierto tiempo.

Se refugiaron el uno en el otro

¡YA EN TU PUNTO DE VENTA!

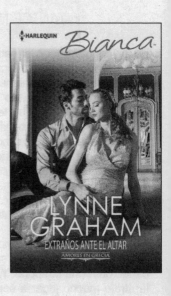